양념없이

그러면 저도 추천이 되겠습니다.

2024년 6월

페월; 초선전

폐월 ; 초선전

박서련 장편소설

은행나무

차례

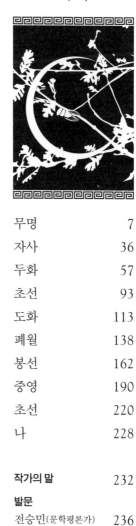

무명

하늘 天.

비록 배운 것 없어도 이 한 글자는 안다. 하나[一]를 큰[大] 것
이 떠받들고 있는 모양.

예전부터 나는 이 글자가 이상하다고 생각했다.

이치를 따지자면 맞는 말이다. 잘 만든 글자다. 세상이 아무
리 크다 해도 그 위에 끊임없이 이어져 있는 하늘은 세상보다
더 크다. 끊어짐이 없기에 또한 하나다. 모든 것은 그 크디큰 하
나 아래 있다.

그렇지만 그것은 하나다.

열도 백도 천도 아니고 하나다. 모든 것은 여기에 있다. 저기
가 아니라 여기 아래에 있다. 세상世上과 천하天下는 같은 말이

다. 천하가 세상이고, 세상이 천하다.

그런데 단지 하늘 하나의 뜻 때문에 세상의 모든 것이 아등바등해야만 한다.

하늘의 뜻이라는 것.

그것이 아무리 크다 해도 그 하나가 여기 아래에 있는 모든 것을 합친 것보다 과연 더 큰가.

그것을 도통 알 수가 없다.

알 수가 없다.

하늘이 사람의 배곯음에 대해 무엇을 알까. 병듦에 대해서, 썩고 스러지고 뒹굴며 신음하게 하는 그 밖의 모든 곤고함에 대해서 알까. 사람처럼 하찮은 것이 얼마나 많은 것으로 어찌나 깊이 괴로워하는가를, 단순히 하나일 뿐인 하늘이 조금이라도 알까.

알아야 할까.

알고자 하는 마음인들 있을까.

마음.

하늘에는 마음이 없다.

아주 어렸을 때 이미 이것을 깨쳤다. 그리하여 나는 하늘을 믿지 않는다. 하늘에 뜻이 없다는 것을 알아버려서.

모르는 것은 나다.
내 이름을 잊어버렸다. 불린 지가 오래되어서.
잊어버린 것이 맞는지 모르겠다. 누가 지어준 기억도 없다.
하지만 누군가 분명 나를 부른 적은 있다. 그런 기억은 있다.
부른다는 것은, 이름을 이른다는 것은, 가까이 오라는 말이다.
여기에서 떠나지 말라는 뜻이다.

이름이 없는 사람은 어디에도 있을 수 없다.

여기저기 떠돌며 지냈다. 이름 대신 애, 아가, 계집애, 거지,
꼬마, 불쌍한 것, 도적년, 강아지, 오랑캐, 예쁜이, 벙어리, 막
내. 이렇게도 불리고 저렇게도 불렸다. 이렇게 불려도 싫지 않
고 저렇게 불려도 좋을 것 없어 어떻게 부르든 나를 부르는가
보다 하며 따라가 빌어먹으며 살았다.

살았다.

살았다는 것이 이상하다.
이것은 너무 어리다, 우리 것이 두 살 더 먹었으니 우리 것과
이것을 맞바꾸려면 무엇이든 더 받아야겠다, 삼베 한 폭이라

도, 다만 메밀 한 줌이라도,

이런 세상 어느 집구석에 베가 있고 메밀은 또 어디 있다더냐, 이것이 비록 어리지만 그간 그 집 것보다 잘 먹여 두 근은 더 나갈 것이다, 바꾸기 싫으면 다른 데 가서 알아보아라, 누가 더 손해인지는 하늘이 알 것이다,

하늘.

누군가 하늘을 들먹였다.

내가 기억하는 가장 오래된 일은 누군가 나를 잡아먹으려 하던 일이다. 나중에 듣기로 세상이 어지러워지고 온 식구가 굶게 되자 가장 어린 자식이라도 잡아서 먹으려는 자들이 있었는데, 차마 자기 자식을 스스로 잡기는 꺼려져서 이웃끼리 아이를 바꾸었다 한다. 천하 모든 집이 그러지는 않았겠지. 그런데 적어도 내가 살던 집에서는 그랬다.

나처럼 어른들이 어깨를 꽉 붙들고 놓아주지 않는 이웃 애가 내 눈을 멀뚱멀뚱 보며 마주 서 있었다. 이후에 일어날 일을 저는 모른다는 듯. 모른다. 이 애는 모르는구나. 내가 몰랐듯 이 애도 모르는구나. 그것을 나는 알았다.

인간들 사이에서 일어나는 치사하고 더러운 일들을 몰라야 하늘이 될 수 있다. 몰랐기에 그 애는 하늘이고 알아차렸기에 나는 아니었다.

나는 달아났다.

그 애는 어떻게 되었을까.

다 배가 고파서 그러는 거다.

나는 그것을 알아버렸다. 이해하고 말았다.

헤아려서는 안 되는 것을 헤아린 바람에 누구도 원망하지
못하게 되었다.

어떻게 되었을까, 나를 판 자들은.

나를 판 자들이 내 진짜 양친이었을까. 그렇게는 생각하고
싶지 않아서 나는 내 양친이 더 오래전에 죽었을 거라 믿는다.
나를 판 자들은 어디선가 나를 주웠을 것이다. 없는 형편에 모
자란 인애로나마 주워 온 고아를 어찌어찌 길러보려 했건만 세
상이 흉흉해져 어쩔 수 없이 나를 팔았을 것이라고.

양친이 내게 지어준 진짜 이름은 무엇이었을까.

나를 주운 사람들이 내게 붙인 이름은 무엇이었을까.

입이 마른다.

여기에는 나뿐이다.

지금은 천하에 오로지 나뿐이다.

원래부터 나에게는 나와 하늘밖에 없었는지도 모른다. 내

가 믿지 않는 하늘만이 언제나 나와 함께 있었다.

수많은 말과 사람이 달려 먼지가 누릇하게 일어났었다. 누런 하늘. 그것도 한참 전의 일이고 지금은 먼지가 가라앉아 다시 푸르다.

푸른 하늘.

창천이사 황천당립 蒼天已死 黃天當立.

푸른 하늘의 기운이 다하여 이제는 마땅히 누른 하늘이 새로 설 것이라 했다. 처음 그 말을 떠올린 자는 단 한 사람일 텐데 어느덧 모든 사람이 그렇게 말하게 되었다. 그간 그들 중 한 사람도 하늘을 올려다보지 않았던 걸까? 하늘은 여전히 푸르다. 올려다보는 사람이 어리석어지는 기분이 들 만큼이나 푸르다. 말달리는 먼지만 가라앉으면 언제나 그렇다. 말을 달려서 하늘이 누레지는 걸까, 누른 하늘을 만들려고 말을 달리는 걸까.

먼지는 멀리 달아났는데 말달리는 소리는 여전히 지축을 진동시키고 있다.

"야."

한참을 달아나 어딘지도 모를 곳에서 정신을 잃었다 깨어났을 때 누군가 나를 그렇게 불렀다. 고약한 냄새가 났다.

어두웠다.

계속 눈을 뜨고 있었더니 나를 내려다보고 있는 눈길과 눈 주인의 얼굴 윤곽이 흐리게 그려지듯 솟았다.

"자는 척 그만하고 일어나라, 이 게으름뱅이야."

몸을 일으키자 내가 어디에 누워 있었는지 알 수 있었다. 다리 아래였다.

나보다 나이가 조금 많아 보일 뿐인 어린애들이 삼삼오오 모여 다리 아래 여기저기 앉아 있었다. 저들끼리 이야기를 나누고 있기도 했고 나와 나를 부른 아이가 무엇을 하는지 건너다보고 있기도 했다.

"옷 고맙다. 잘 입으마."

가만 보니 나를 깨운 애가 내 옷을 입고 있었다. 깨어나서 처음 맡은 고약한 냄새는 나한테서 나는 것이었다. 찢어지게 가난한 집에서 잡아먹힐까 봐 달아났는데 내 옷이 그 애가 원래 입고 있던 옷보다는 깨끗하고 번듯했던 모양이다. 물려 입은 옷이어서 나는 몇 단을 접어 입고 다녔는데 그 애는 접었던 것을 다 펴 입어서 처음부터 내 옷이 그 애의 옷이었던 것처럼 잘 맞았다. 가만 보니 그 애가 다리 아래의 무리 가운데 가장 컸다.

"몇 살이냐?"

주먹을 쥐었다 폈다 하며 내 나이를 헤아렸다. 수를 대강 배웠지만 내 나이가 정확히 몇인지는 손가락을 쓰지 않으면 셀 수 없었다. 여섯……이었나 일곱……? 일곱은 작년이었던가? 나는…… 더 어렸나? 어둠 속에서 양손을 꼼지락거리는 나를 보고 답답하다는 듯 큰 아이가 고함을 쳤다.

"벙어리냐?"

지금은 그 말이 무슨 뜻인지 알지만 그때는 처음 들어본 말이어서 뜻을 몰랐다. 다만 그것이 내 이름은 아니었기에 나는 고개를 저었다.

"그런데 왜 말을 안 해?"

딱히 할 말도 없거니와 말이 수월히 나오지도 않아 그저 줄곧 고개를 저었다. 큰 아이를 비롯해 주변에 있던 애들이 다 키득키득 웃었다. 벙어리네 벙어리. 그 말을 자꾸 들으면서도 말 못하는 사람이라는 뜻인 줄은 알아차리지 못한 채로 나도 따라 웃었다.

"이제 보니 벙어리가 아니고 바보로구나."

바보. 그 말의 뜻은 알아서 나는 웃음을 그쳤다. 어디든 남보다 아둔한 면이 있을지는 몰라도, 내가 순 바보랄 수는 없었다. 정말 바보라면 어른들에게 잡아먹히고 말았겠지. 하지만 나는 달아났다.

"어쭈, 바보 소리는 듣기 싫다 이거지. 알았다."

큰 아이가 재미있다는 듯이 이죽거리며 내 앞에 앉았다.

"앞으로 너는 나를 따라다녀라. 옷값이라 치고 거둬주마."

나는 젓던 고개를 멈추고 그 애를 빤히 보았다.

지금의 나보다도 조금 더 컸던 그때의 그 애가, 그 애의 얼굴이 기억나지 않는다.

그 애는 어린 거지 떼 가운데 대장 노릇을 했다. 대장답게 수완이 그럴싸해서 그 애를 따라다니면 굶지 않아도 되었다. 늘 배불리 먹지는 못했으나 적어도 내도록 굶지는 않았다.

성문 앞 다리 아래서 잠을 자고 날이 밝으면 밥을 빌러 다녔다. 우리는 주로 잔칫집이나 상갓집에 갔다. 세상이 흉흉해졌어도 누군가는 생일을 맞고 혼례를 올리고 죽기도 했다. 그런 날에 박하게 구는 사람은 드물었다. 어른 거지들은 문전박대를 할지언정 어린 거지들에게는 밥 한 숟갈이나마 나눠주었다.

정 인심을 쓰지 않는 집 앞에서는 저주를 퍼부었다. 혼인이 있는 집에 대고는 곡을 하고 장을 치르는 집에 대고는 노래하고 춤을 췄다. 그러면 대개는 우리를 내쫓으려고 마지못해라도 음식을 들고 나왔다.

우리보다도 독하게 구느라 물이나 소금을 뿌리며 화를 내는 어른들도 있었지만 물을 뿌리면 우리는 웃으며 달아났고 소금을 뿌리면 손가락에 침을 발라 땅에 찍었다. 짠맛이 귀하다는 것을 우리는 알았다.

여름에는 손이나 발 하나씩을 다리 아래 내에 담그고 잤고 겨울에는 떼로 뭉쳐 몸으로 몸을 녹이며 잤다. 여름에 저도 모르게 내로 떠내려가서 죽는 아이, 겨울에 바깥쪽에서 자다 얼어 죽는 아이가 종종 있었다. 얻어온 음식을 다 같이 나눠 먹을 때에는 한 술이라도 더 뜨려고 기를 써야 한다. 개처럼. 태어난 지 얼마 안 되어 눈도 못 떴으나 어미 개의 젖꼭지는 기가 막히게 찾는 강아지 떼처럼. 그러지를 못해 굶다가 굶다가 기운이 다해 죽는 아이도 얼마든 있었다. 그렇게 죽는 아이가 가장 많았다. 그런데도, 또한 우리가 낳아 불리는 것이 아닌데도 우리 어린 거지 떼의 세는 줄지 않았다. 어려서 부모를 잃고 의탁할 곳 없이 떠돌다 성문 앞에 이르는 아이도 있고 나처럼 잡아먹히려다 달아나 흘러오는 아이도 있었기에.

자주는 그러지 않았지만 다리 위를 지나는 어른을 덮쳐 한

몫 챙기기도 했다. 먹을 것, 돈, 옷. 말 탄 사람은 그냥 보내고 걷는 사람만 털었다. 밤이나 새벽 사이 성문 근처 다리를 건너는 어른은 취해 있거나 겁에 질려 있어서 어렵지도 않았다. 종종 우리는 우리에 대한 소문을 들었다. 다리 아래에 요괴가 산다지. 여기에 요괴가 산대, 하고 겁먹어 떠는 애들더러 바보들아! 우리가 그 요괴다 하고 대장이 소리를 지르고 와하하 웃었다. 소문을 낸 것은 털린 어른일 테지. 애초 취해 있었기 때문인지 얼이 빠져 정말 그렇게 착각한 것인지 어린애들에게 강도를 당한 것이 부끄러워서 그런 소문을 낸 것인지, 그 사정은 알 길이 없다. 아무튼 우리는 절로 거지 떼이자 요괴 떼가 되었다.

거지 떼이자 요괴 떼인 것이 차라리 낫지 어른은 되고 싶지 않았다.

어른이 되어서 좋은 일이 무얼까.

어른 거지들은 밥을 우리처럼 잘 얻어먹지 못했다. 거지가 아닌 어른들이 보았을 때 어린 거지들은 딱하지만 어른 거지들은 한심하기 때문이다. 그렇지만 어른 거지들은 잘 죽지도 않았다. 운 좋게 품일을 하고 밥을 빌어먹거나 돈을 벌 수 있으니까. 이러니저러니 해도 어린애들보다는 힘이 있고 수완도 있으니까. 그렇지 못한 어른 거지들 중 몇몇은 우리들 몇몇이 떨어져 다닐 때 우리한테서 밥을 빼앗아 먹었다. 대장을 비롯해 큰 애들이 뭉쳐 있으면 감히 설치지 못하면서. 비열하고 용렬하다. 실로 한심하다. 어른 거지들은 거개가 밉고 싫었다. 그런데 어린 거지가 커서 어른 거지가 되지 않을 도리는 없다.

그중에서도 대장이 제일 먼저 어른 거지가 될 것이었다.

대장은 겁이 없어서 혼자서도 구걸을 잘 다녔다. 시장에서도 구걸을 하고 벼슬아치의 집을 지나면서도 구걸을 했다. 이따금은 얻어맞고 쫓겨나기도 하는 모양이지만 먹거리를 섭섭지 않게 빌어 오는 때가 더 많았다.

어떻게 그렇게 한 거냐고 묻자 대장은 자기에게 좋은 수가 있다고, 내게만 긴밀히 알려주는 것이라고 말했다.

"저는 본디 낙양에서 났으며 충신의 후손이오마는 십상시의 농단으로 멸문의 화를 입고 홀로 살아남아 이곳 예주로 흘러들어와 이 꼴이 되었습니다. 긍휼히 여기시어 작으나마 자비를 베푸소서."

얼마나 좋은 수인지 들어나 보마 했는데 정말 좋은 수였다. 수도 낙양에 가신이 얼마나 많고 십상시에 당한 이는 또 얼마나 많은가. 우리처럼 멋모르는 어린애들조차 알 만큼이나 십상시의 악명은 높았고 그래서 얼마든지 팔아먹어도 되었다. 증거가 필요 없고, 속아주면 좋고, 속지 않아도 그만인 거짓말. 그렇지만 대장이 그렇게 어려운 문자를 섞어 막힘없이 지껄이는 것이 놀라웠다. 그게 정말이냐? 내가 묻자 대장은 웃었다.

"명분이 좋으면 얻어먹기도 좋은 법이다. 아무것도 못 얻어먹으면 본전일 뿐. 그래도 아직은 민심이 살아 있어 충신의 후예라 하면 사람들이 뭐든 쥐여주려고 한다."

하지만 가끔은 감히 거지새끼가 충신의 후예를 참칭한다며 두들겨 패는 이들도 있겠지. 눈자위가 멍들고 입술이 터진 채로 다리 아래 기어들어오는 꼴을 보면.

대장도 어른이 되지 않고 나도 어른이 되지 않고 늘 잔칫집이나 상갓집 앞을 떠돌며 노래를 부르고 곡을 하고 굶지 않고 살기를 바랐다. 더 나은 것은 바랄 수 없었다. 우리 같은 사람들은 그날 모은 것을 그날 써야 하니까. 남은 것을 넣어둘 데도 없거니와 잘 숨겨봤자 분명 누군가 탐을 내 훔칠 것이고, 그러면 아끼던 것을 쓰지도 못하고 잃는 억울함은 둘째 치고 서로를 의심하게 된다. 똘똘 뭉쳐 간신히 살아가는 마당에 서로 미워하게 되어서는 안 된다.

갈수록 상을 당한 집은 늘고 잔치를 벌이는 집은 줄었다. 수를 잘 못 헤아리는 나도 그건 알 수 있었다.

나라가 망하는 기운이다. 왕조가 쇠하는 징조야.

거지가 아닌 어른들이 그렇게 말했다. 어른 거지들도 그렇게 말했다. 곧 우리 어린 거지들 역시 뜻도 잘 모르면서 그렇게 말하게 되었다. 나라가 망한다. 왕조가 쇠한다.

그다음에는 무슨 일이 일어날까?

창천이사 황천당립.

그 말이 돌림노래처럼 전해져왔다. 다음 구절은 세재갑자 천하대길歲在甲子 天下大吉. 푸른 하늘의 기운이 다하여 이제는 마땅히 누른 하늘이 새로 서노라. 갑자의 해에 이르러 천하가 크게 길하리라.

태평도太平道라는 것을 믿는 사람들이 하는 말이었다. 태평

20

도를 믿는 사람들은 대체로 마음 씀씀이가 후했다. 어른 거지든 어린 거지든 형편 닿는 대로 융숭히 대접해주었다. 우리도 은혜를 알아 다리를 지나는 사람들 중에 태평도를 믿는 이는 그냥 보내주기도 했다. 태평도를 믿는 사람들은 알아보기 쉬웠다. 황토로 물들인 노란 천을 목둘레나 허리에 두르고 다녔으니까.

성내에 태평도를 믿는 사람은 내가 다리 밑에 살기 시작할 즈음에도 이미 흔했는데 어느 사이 더욱 늘어난 것처럼 보였다. 그런데 믿다니, 무엇을? 보이지 않는 것을 어떻게 믿을 수 있나.

먼 주州에서 난리가 일어났다고 했다.

그 난리를 일으킨 자들이 태평도를 믿는다고 했다.

천하를 태평하게 하기 위해 난리를 일으켰다고 했다.

도무지 알아들을 수 없는 말이었다.

성 사람들 가운데 태평도를 믿는 사람들과 믿지 않는 사람들이 서로 반목하기 시작했다. 난리 소식에 처음에는 태평도를 믿는 사람들이 숨죽여 지냈는데, 난리 세력이 예주로 진군해온다는 소식에 태평도를 믿는 사람들이 다시 득의양양해졌다.

과연 난리 세력은 예주까지 금세 들이닥쳤다. 다리 위로 말 달리는 소리가 한참 들렸고 그 뒤로는 비명 소리가 이어졌다.

난리 소식이 처음 전해졌을 때만 해도 이곳 예주는 수도 낙양과 가까우니 별 탈이 없을 거라 하는 어른들이 있었다. 바보 같게도. 이미 성내에 태평도를 따르는 사람이 많으니 난리 세력은 제 집 문을 열듯 아무렇지 않게 예주에 입성했다.

태평도를 믿는 이들이 흔히 지니고 다니는 누른 천을 그들은 머리에 두르고 다녔기에 황건黃巾군이라 불렀다. 태평도를 믿는 사람들은 집 앞에 '갑자甲子'라는 글자를 써두었다. 올해가 갑자년이고 갑자년에 천하가 크게 길한다는 태평의 진리를 알고 있음을 나타낸 것이다. 황건군은 갑자를 새긴 집에는 아무 해도 끼치지 않아서 나중에는 태평도를 믿든 믿지 않든 집 앞에 그 글자를 새기게 되었다.

"나랑 같이 가자."

대장이 그랬다. 대장은 멀쩡한 옷을 강둑의 무른 흙에 더럽혀 물들이고 그것을 말려 머리에 썼다. 그런 짓을 안 해도 거지인데 더 거지 같게 되었다.

"황건군이 곧 사주로 진격할 거란 소문을 들었다. 우리도 언제까지고 이렇게만 살 수는 없지 않냐? 황건군 수장이 새 황제가 된다더라. 따라나서서 작은 공이라도 세우면 먹고살 길이 열릴 거다."

작은 공?

"그래, 장수까지는 몰라도 졸병 몇은 잡지 않겠어? 설령 그러지 못한다 해도 부지런히 따라다니다 보면 땅 한 뙈기 얻을

요량이 없겠냐."

언제는 충신의 후손이라더니.

"충신 혈통 팔아 먹고살 길이 열리면 백 번 천 번 충성하겠지. 망조 뻔한 나라에 충성이 가당키나 하냐?"

대장을 놀리려다 오히려 대장이 정말 충신의 후손일지도 모른다고 생각하게 되었다. 넌 그걸 믿었냐?라고 하는 대신 충심이 왜 소용없는가를 말했기 때문에. 그렇다면 대장을 따르지 않을 이유가 없었다. 충신의 후손도 이렇게 만드는 나라라면 대장 말대로 새 세상을 도모하는 게 당연한 것이다. 나는 하늘의 뜻을 믿지 않고, 따라서 태평도를 믿지 않고, 그러므로 황건군에도 마음이 없었으나, 어쩐지 대장은 믿었다. 너는 사람을 잘 믿어서 탈이다. 대장도 때로 그렇게 말했다. 내가 그런가? 모든 사람을 다 믿는 것은 아닌데.

그런데 주먹질은 좀 해봤어도 칼 한 번 안 쥐어본 대장이 어떻게 황건군에 합류하나. 하물며 계집아이인 나는.

"황건군은 막되어먹은 자들이 아니라 도를 택한 이들이어서 따르고자 하는 무리를 남녀노소 누구도 막지 않는다 하더라. 잘 따르며 배우다 보면 나도 장수가 될지 누가 알겠어? 또……."

또?

"너는 씻지 않아도 얼굴이 곱고 말귀가 밝아 데리고 다니기 답답하지 않으니, 내가 잘 키워서 장차 각시로 삼을 거다."

언제는 바보라며?

전에 없이 수줍음을 타며 그렇게 말하는 대장이 낯설었다. 싫지도 좋지도 않았다. 그럴 수도 있겠지 하는 생각이 막연히 들 뿐이었다.

그런데 대장이 떠나면 다리 아래서 먹고사는 애들은 다 어떡해.

사내애들 가운데 좀 큰 아이들은 대장을 따라 옷가지를 흙으로 물들여 더러운 두건을 만들어 썼다. 그 애들도 제각기 색싯감으로 점찍은 애들을 데려가려는 눈치였다. 너무 어려서 또는 못나서 대장과 사내애들 눈에 들지 못한 아이들이 불쌍하게 느껴졌다.

"하여간 너는 사람을 너무 좋아해서 탈이다."

내가 그런가?

대장은 마지못해 다리 아래 어린 거지 떼를 모두 이끌고 황건군에 합류하기로 했다.

"황건군을 따르자면 이곳 예주에서 멀리 떨어진 다른 주로 얼마든지 가게 된다. 아무리 천하의 황건군이라 해도 우리에게 줄 말이나 나귀는 없을 테니 걸어서 따라가야 할 거다. 그러다 지쳐 죽으면 어쩔 테냐."

떠나기 싫은 사람이 있다면 남아도 좋다고 했지만 남고자 하는 아이는 없었다. 거기 있자면 계속 거지여야 했고 또 요괴여야 했다. 성을 나가서 황건군에 합류하면 우리는 거지도 요괴도 아닐 수 있었다.

　사람이 되려고 우리는 성문을 나섰다.

　겨우 사람이 되려고.

　대장의 말대로 황건군은 우리 어린 거지 떼거리를 받아들였다. 그렇지만 크게 반기는 내색도 아니었다. 빈민 구휼도 좋지만 자꾸 이렇게 곡식을 낭비해서야 쓰나. 어른들은 어려운 말로 한탄했다. 못 알아들었어도 뜻은 짐작할 수 있었는데 말대꾸를 했다간 두고 갈까 봐 모두 잠자코 있었다.

　말 탄 장수들이 앞서고 보병들이 그 뒤를 따랐다. 곡식을 쌓아 끄는 소와 나귀 수레와 그것을 보필하는 이들. 그들 뒤가 태평도를 믿는 이들의 행렬이었다. 우리는 그 맨 끝에 있었다. 성내에서 만난 태평도인들은 대체로 안색이 밝았는데 군영에 있는 태평도인들은 지치고 파리한 기색이었다. 신도인지 포로인지 구분할 수 없었다.

　대장을 비롯한 큰 사내애들은 제대로 황토물을 들인 두건과 대나무를 날카롭게 베어 만든 죽창을 나눠 받고 우리 곁에 섰다. 우리는 흙먼지를 일으키며 나아갔다. 창천이사 황천당립. 흙먼지 속에서는 과연 하늘이 노랗게 보였다.

　황건군은 우리 무리가 승리할 수밖에 없는 원리를 오행의 도에 빗대어 알려주었다. 한 황조는 불[火]의 기운을 타고 성하여 그 기운을 사백 년이나 떨쳤기에 곧 쇠하고, 땅[土]의 힘으로 일어선 태평도야말로 노쇠한 황실을 밀어낼 새 기운이라고. 땅이 불을 이기므로 황건이 황실을 대신하게 된다면, 땅은 쇠에 밀리므로 언젠간 땅도 패배하는 것일까. 그건 언제일까. 그런 생각을 입으로 내뱉지는 않고 끄덕끄덕 배웠다.

해가 뜨고 해가 졌다. 해가 뜨고 해가 졌다. 며칠이나 더 걸으면 예주가 사주가 될까? 지쳐 쓰러진 애들을 묻지도 못하고 뒤돌아 명복을 빌지도 못하며 그저 걸었다. 여기에서 죽으면 저 애들처럼, 앞서간 말과 나귀 똥 사이에서 뒹굴며 흙먼지를 뒤집어쓰고 썩어가겠지. 그렇게 죽어 살이 문드러지고 뼈가 드러나면, 그 뼈는 희지 못하고 누럴 것이다. 백골이사 황골당림. 그런 생각을 하며 걸었다.

배가 고팠다.

"관군이다!"

누군가 외쳤고 그 말이 메아리처럼 뒤로 번져왔다. 산이 없어서, 따라서 해가 뜨고 지는 것을 막힘없이 볼 수 있는 황야여서 메아리일 리는 없었다. 앞에서 외치는 말을 뒷사람이 받아 외치고 있는 것이었다. 그런데 행렬 끝에 있는 우리에게도 관군은 보였다. 수천 마리의 말이 아주 멀리에서 맹렬한 기세로 달려오고 있었다. 지축을 뒤흔들며. 무서울 만큼이나 빠르게.

우리 무리에서도 말 탄 자들이 빠르게 달려 나갔다. 군영을 벌이고 진을 펼칠 새도 없었기에 곧장 맞설 수밖에 없다고 판단한 듯했다. 황건군 기병이 튀어나가자 관군은 멈춰 섰다. 물러나려는가? 아니. 활을 든 자들을 널리 세우는 것이었다.

"달아나라!"

다시 한번 앞에서부터 파도치듯 그 말이 행렬 뒤쪽으로 번져왔다. 너무 멀리에 있어 손톱 끝만 하게 보이는 궁수들이 일제히 활시위를 당기고 있었다. 말을 탄 황건군 장수와 기병 들이 주춤거리며 돌아서려 하고 있었다. 자기들끼리 부딪쳐 말과 함께 넘어지는 꼴도 보였다. 관군이 높이 쏘아 올린 화살의 비는 그에 훨씬 못 미치는 자리에 후드득 떨어져 꽂혔다. 화살이 닿지도 않는 거리에서 겁먹어 우왕좌왕하는 꼴이라니. 우리가 이런 사람들을 믿고 여기까지 따라왔다니.

한동안 빠져 있던 얼이 그제야 돌아온 듯 기가 막혔다.

"뭐 해, 뛰어!"

대장이 그렇게 말하며 나를 돌려세워 밀쳤다. 그 기세에 넘어지지 않으려 몇 발자국인가 뗐다 돌아보니 대장은 두건을 풀고 있었다.

그따위 것 나중에 벗고 너나 뛰어!

그렇게 말하고 싶었지만 나도 더는 뒤돌아보지 않았다. 돌아볼 수 없었다. 함성. 비명. 비명을 묻어버릴 만큼이나 큰 함성. 포로처럼 황건군 행렬 뒤를 따르던 태평도 신도들 모두가 나처럼 뛰고 있었다. 뻗어가는 나무의 가지처럼 모두 다른 방향으로.

어떤 방향으로 뛰어야 살 수 있지?

아무래도 살아남을 수 있을 듯싶지가 않았지만, 수레바퀴 자국을 따라 달려야 그나마 살길이 열리리라는 생각은 문득 들었다. 바람에 흙이 날리고 사람이 밟아 없애서 바큇자국은 아주 희미하게만 보였다. 그래서 말똥과 나귀 똥을 찾으며 뛰었다. 그나마도 그새 흙먼지를 뒤집어써서 눈에 잘 띄지 않았다. 냄새를 맡으려 해도 숨이 모자라 코가 제 몫을 못했다. 갈비뼈에서부터 쇠 맛과 피 맛이 올라왔다. 아무리 다물려 해도 입을 다물고는 달릴 수 없었다. 몸 안에서 나는 피비린내와 밖에서 밀려드는 흙먼지가 목구멍에서 섞여 구역질을 일으켰다. 입을 다물지 못하면서도 이를 악물고 달리려 하니 셀 수 없이 혀가 깨물렸다.

넘어졌다. 한 번. 두 번. 나중 가서는 헤아릴 것도 없이 차라리 구르는 게 낫겠다 싶도록 넘어졌다.

귓전에 머무는 함성은 아까 들은 것이 남아 맴도는 헛것일까? 관군이 어느덧 가까워진 것일까?

돌아볼 엄두가 나지 않을 때 또 한 번 크게 넘어졌고 더는 몸을 일으킬 힘이 없다는 것을 알았다. 누워 있는 동안에도 갈비뼈는 가파른 소리를 내며 부풀었다 꺼지기를 한참 반복했다.

해가 기울고 있었다.

살았다.

　살아서 눈을 뜨자 추웠다. 새벽 땅에 슬어 있는 물기가 내 몸
에도 공평하게 맺혀 있었기에. 이슬. 물기가 귀하게 느껴졌다.
흙먼지를 뒤집어쓴 것도 잊고 내 손과 팔을 핥았다. 목을 축이
기는커녕 침을 낭비한 꼴이 되었다. 옷에서 고린내가 났지만
그나마 축축한 게 옷뿐이어서 소매에 입을 대고 숨을 합합 들
이쉬었다. 습한 기운이 목 안으로 끼쳐오니 조금이나마 살 것
같았다.
　까마귀 떼가 허공을 돌고 있었다. 내 눈을 파먹으려 했을까.
까마귀 떼 위로 하늘이 점차 밝아왔다.
　다시 뛰어야 해. 뛰어야 살 수 있어.
　스스로를 아무리 타일러도 몸이 일으켜지지 않았다.
　어쩌면 내가 정신을 잃은 사이 관군이 지나갔을지도. 날은

어둡고 나는 작아서 발견하지 못하고 지나갔을지도.

그럴 리 없지. 이미 지나갔다면 나는 말발굽에 차여 죽었겠지.

아니, 나는 이미 죽은지도. 이렇듯 하늘을 마주한 채 옴짝달싹 못하는 것이 나의 형벌인지도.

그럴 리는 더욱 없지. 하늘 따위가. 그저 높이 있을 뿐인 하늘 따위가.

다리 아래 살던 아이들 가운데 나 말고도 살아남은 사람이 있을까. 대장은 두건과 죽창을 버리고 무사히 달아났을까.

대장.

그렇게 따랐던 대장의 얼굴이 떠오르지 않았다.

나는 두 팔과 다리를 펴고 큰대자를 그리며 누워 하늘만 우러르고 있었다. 이것이 하늘. 아무 자비심 없이 늘상 그 위에서 푸를 뿐인 하늘.

언제 푸른 하늘이 망하고 누른 하늘이 선다던가. 하늘은 하늘이지. 언제까지고 푸르겠지. 말도 안 되는 소리가 듣기 좋아 따라나선 사람들이 생각났다. 그런 말이나마 믿어야만 살 것 같았을 그들이 비참하게 죽도록 둔 것은 역시 하늘이었다.

나도 그 신세를 면치 못하고 여기에서 죽겠지. 힘이 다하면 죽겠지.

먼 땅에서부터 진동이 전해져오는 듯했다.

착각이 아니었다. 말발굽 소리가, 땅을 거칠게 두드리는 소리가 점차 커졌다. 관군이겠구나. 전날 마주친 황건군을 몰살하고 해가 진 김에 그 자리에 군영을 벌여 밤을 보낸 후에 이제사 오는 것이겠구나.

죽을힘을 다해 몸을 일으켜 앉았다. 땅을 꺼지게라도 할 기세로 밀어 그 자리에서 일어나 몸을 바로 세웠다.

안 그래도 작은 나는 누워 있다가는 눈에 띄지 않아 밟혀 죽고 말 테니까. 죽는 방법에 낫고 못한 것이 어디 있겠는가마는, 밟혀 죽느니보다는 칼에 베여 죽거나 화살에 맞아 죽는 것이 나을 테니까.

과연 큰 소리 나는 방향을 돌아보니 한기漢旗를 높이 치켜든 관군이 달려오고 있었다. 몸을 일으킨 김에 달아날 기운도 있으면 좋으련만 발이 떨어지지 않았다. 말달려 오는 군사들이 이미 눈에 들어왔는데 사람 다리로 달아나봐야 소용도 없을 터.

온다.

가까이 온다.

장수 서넛이 군사들을 앞서 이끄는 모습이 보였다. 전날은 멀어서 잘 몰랐으나 가까워오는 것을 차분히 보니 황건군과는 비교도 할 수 없을 만큼 단단히 무장한 모습들이었다. 군열의 치밀함이며 따르는 병사들의 절도 역시 비길 바가 못 되었다. 생각할 것도 없이 당연한 이치다. 황건군 장수며 병사 들은 본디 군벌이 아니었을 터. 태평도라는 이름답게 태평하게 농사 지으며 도와 덕을 닦던 자들이 얼렁뚱땅 갑주를 갖춰 입었을 따름. 그런 오합지중이 여태 승전보를 남겨온 것은 예주에서 그랬듯 태평도를 믿는 백성들이 자진하여 맞아주었기 때문이지 저런 군사들을 상대해 이길 수 있어서는 아닌 것이다.

하염없이 그들이 다가오는 것을 보고 있다 보니 앞서 달리던 장수들도 나를 보았다. 보았다는 것을 알 수 있었다. 선봉에 서 있던 장수가 말을 더욱 빠르게 달려 내게 오고 있었기에. 가까워지며 점점 커지는 말 탄 장수를 보다가 눈을 질끈 감았다. 말 울음소리와 그림자가 내 위로 드리웠다.

"얘야."

장수가 내게 말을 건넸다. 가만히 눈을 뜨고 머리를 조아렸다. 구걸하듯. 내 목숨을 구걸하듯.

"들짐승인 줄 알고 지나칠 뻔했다. 여우가 둔갑한 것이 아니고서야 너 같은 어린아이가 어찌 이런 곳에 있느냐? 황건적이 두렵지도 않으냐."

황건적이라는 말에 나도 모르게 무릎을 꿇었다. 무릎을 꿇고 올려다본 그는 어른이고 말 위에 앉아 있어서 탑처럼 성처럼 커 보였다.

"실은……."

입을 떼자 입술 양옆이 쩍 갈라지는 듯한 느낌이 들었다. 목소리도 잘 나오지 않았다. 목을 찢으며 울음이 먼저 나오려고 했다. 황건군, 아니 황건적을 따라 나왔다가 달아나 이 꼴이 되었다고 곧이곧대로 털어놓으면 이 사람이 나를 죽일까.

"저는 본디 낙양에서 났으며…… 충신의 후손이오만……."

대장에게서 배운 거짓말을 내뱉는데 눈물이 덩달아 왈칵 쏟아졌다.

"십상시의 농단으로 멸문의 화를 입고 홀로 살아남았으나 끝내 이 꼴이 되었나이다……."

울면서도 나는 장수의 눈치를 보았다. 장수는 내 말을 믿는 눈치였다. 내가 그렇게 말하며 울어서 더욱 나를 믿는 듯했다.

"네 이름이 무엇이냐?"

나는 고개를 저었다. 이름 같은 것 정말로 모르니까. 거지 떼끼리는 함부로 이름을 부르지도 않았고 이름을 짓지도 않았다. 어차피 오늘 죽을지 내일 죽을지 모르는 애 이름을 기억해 봤자, 지어줘봤자니까. 이름으로 부르면 기억에 오래 남아 피차 괴로우니까. 무리의 누구도 내 이름을 모르듯 나 또한 누구의 이름도 알지 못했다. 대장의 이름조차 나는 몰랐다. 언제나 같이 있었기에 서로 부를 일도 없었다.

"얘야, 귀신에게도 곡절이 있고 이름이 있다. 하물며 너는 사람이 아니냐."

"기억나지 않습니다."

장수는 투구 아래로 늘어진 수염을 만지작거리다 말에서 내렸다. 꽃가지를 집어 올리듯 가볍게 나를 잡아 말에 앉혔다.

뒤따라 다시 말에 오르며 장수는 말했다.

"하늘의 도를 사칭하여 혹세무민하는 이들이 나타나지를 않나, 십상시의 횡행으로 너 같은 어린아이가 이 황야를 떠돌게 되지를 않나…… 참으로 무도한 세상이다. 무도한 세상이야."

장수는 고삐를 후려 말을 가볍게 달리도록 했다. 나는 곧 울음을 그쳤다. 처음 타보는 말이 무섭고 신기했다.

"나는 황명을 띠고 황건적을 토벌하러 왔단다."

그렇습니까. 나는 대답하고 싶었으나 내가 다리로 간신히 껴안은 말 목 위가 심하게 흔들려 정신이 없었다.

"내 형편이 넉넉하진 않아도 모자람 또한 없는지라 너 하나쯤은 거두어 키울 수 있다. 충신의 후손이라는 너를, 더구나 십상시에게 화를 당했다는 너를 내 어찌 모른 척하랴. 그러니 그만 울거라."

울음은 그친 지 오래였는데 그가 그렇게 말해서 미안한 마음이 들었다. 한 점 의심 없이 내 말을 믿는 것도 이상하게 느껴졌다. 왜 이렇게 내 말을 믿지? 여우가 둔갑한 것인 줄 알았다면서. 바보인가. 어린애 거짓말 하나도 꿰뚫어 보지 못하는 바보.

바보.

나를 바보라고 불렀던, 내게 그 거짓말을 가르쳐주었던 사람이 문득 생각났다. 그러자 그쳤던 눈물이 다시 흘렀다.

"예주는 여기서 멀지 않단다."

알고 있습니다. 대답하고 싶었지만 참았다. 떠나왔던 예주에 이런 식으로 돌아간다 생각하니 더 눈물이 났다.

"정 눈물이 나거든 그냥 울어라. 그래도 내가 앞으로 너를 어찌 부르면 좋을까를 생각하며 울거라."

이름을 지어 부른다는 것은 가까이 오라는 뜻이다. 멀리 가지 말라는 뜻이다.

곁에 있겠다는 말이다.

나는 몸의 힘을, 별달리 남아 있지도 않았으나 긴장하여 몸을 뻣뻣하게 하던 힘을 풀고 장수에게 기댔다. 그래도 될 것 같아서 그렇게 했다.

장수는 내 등을 받쳐 말에서 떨어지지 않게 잡아주었다.

자사

    형편이 넉넉진 않아도 나 같은 아이쯤은 거둘 수 있겠다던 그는 알고 보니 녹봉만도 이천 석이었다. 그 정도라면 나와 같이 다리 아래 살던 아이들 모두를 죽을 때까지 먹일 수 있을 텐데. 종들이 나누는 이야기를 듣고 깜짝 놀라 가서 여쭈니 심지어 그건 한 해 녹봉에 불과하다고 했다. 무슨 일을 하기에 녹이 그리도 많습니까? 묻자, 예주 땅에서 세금 걷고 군사 부리는 일이 모두 그의 책임이라 했다. 그러면 저도 같은 일을 하고 싶습니다. 나는 원하면 누구나 그 일을 할 수 있는 줄 알고 그렇게 말했다.

    모든 것이 그날 처음이었다.
    말을 타본 것 처음. 뜨거운 국물을 맛본 것 처음. 말리지 않은 생과를 먹은 것도 처음, 따뜻한 물로 씻은 것 역시 처음.

그때껏 나는 본래 무엇이 따뜻하고 무엇이 차가운지를 잘 알지 못했다.

처음으로 다리 밑에서 난 겨울에는 동상으로 손발이 떨어져 나갈 뻔했다. 무리에는 이미 손발가락이 몇 개 없는 아이들도 있었다. 어느 밤에 내가 발가락이 얼어 떨어져 나갈 것 같다고 하자 큰 애들 몇이 일어나더니 돌아가면서 오줌을 눴다. 뜨거운 고깃국물을 보고서도, 김이 모락모락 나는 목욕물을 보면서도 그게 떠올랐다. 처음에는 애먼 발등만 뜨끈거리더니 몇 명 다녀가는 사이에 조금씩 녹아 움직이던 발. 누구는 바지를 추켜올리고 누구는 바지를 내리는 그 짧은 사이에 다시 소름 끼치게 식어가던 발. 얼음이 녹아 다시 씻을 수 있게 될 때까지 어쩔 수 없이 지린내를 달고 다녀야 했지만 아무도 놀리지 않았던 발.

나는 운이 좋았다. 결국에는 얼어붙은 손발가락을 고드름처럼 부러뜨리고 원래부터 없었던 것처럼 살아야 하는 사람도 있었으니까. 죽은 뼈와 살이 가까운 살까지 썩어 들어가도록 만드는 일도 드물지 않았으니까.

비단같이 부드러운 물건을 만져본 것도 처음이었다. 눈으로만 보고 말로만 듣던 그것이 내 손가락에 태연히 감기어 있다는 것이 두렵고 이상해서 눈물이 날 뻔했다.

"정말 제가 여기서 자도 되나요?"

불안해서 물었다. 이불을 덮는 것도 처음인데 그게 무려 비단으로 지은 것이어서 불안했다. 감히 내가 나보다 값진 것을 써도 되나, 값으로 따지면 이불을 나로 덮는 것조차 분수에 맞지 않을 텐데.

장수는 내 말에 크게 웃었다.

"혼자 자는 것이 껄끄러워 그러느냐? 밖에 사람을 두었으니 언제든 불러 필요한 것을 말해라."

듣고 보니 혼자서 자는 것도 처음이었다. 옛 식구들과는 오두막에서 부대끼며 잤고 어린 거지 떼거리와도 늘 다 같이 누웠으니.

"집 안에 어린 여자아이 옷이 없어서 오늘은 여종의 옷을 입혔다만 내일은 치수를 재서 새 옷을 짓도록 할 것이다. 쉬거라. 여자아이가 말을 오래 타서 무척 곤할 것이다."

행여나 그가 말을 바꾸어 너는 입은 옷대로 종들의 거처에나 가라 할까 봐 얼른 이불 밑으로 기어들어갔다. 종들의 거처도 다리 아래와는 비할 바가 아니기야 하겠으나 견물생심, 이미 비단 이불을 감아쥔 손을 놓기는 싫었다.

장수가 방을 떠나고서야 그날이 그에게도 고된 하루였으리라는 바가 떠올랐다. 황명을 띠고 왔다 했으니 낙양에서 왔겠지. 내가, 우리가 한참을 걷고서도 결국 닿지 못했던 사주에서. 그 먼 곳에서 그 많은 군사와 이 많은 종을 거느리고 왔으니 분명 그야말로 지쳤을 것이다. 그런데 예주에 이 많은 종이 다 들어와 쉴 수 있는 커다란 집이 있었다니. 하기야 커다란 집은 문밖에서, 담 밖에서나 보았으니 얼마나 큰지 짐작도 못했지.

하는 말을 보면 높은 벼슬을 지내는 사람이고 벌여놓은 세간을 보면 보통 부자가 아닌데 그런 사람이 나를 왜 이렇게 대접해주는 걸까?

어리고 어리석은 내가 잠깐 생각한들 알 수 있는 답이 아니거니와 그의 말대로 곤하디곤했으므로 어쩔 수 없이 잠들었다.

후後가 있으려면 우선 전前이 있어야 한다. 뒤가 있는 것에는 반드시 앞이 있다.

내일도 자기가 살아 있을 것을 의심하지 않는 사람에게만 후가 있고, 그런 사람이라야 전에 대해서도 말할 수 있다.

시간이 얼마간 흐르고서야 나는 이것을 알아차렸다. 내게도 이제는 후가 생겼다는 것.

하루는 남의 옷을 입었어도 곧 몸에 맞는 옷을 지어 입을 내일이 온다는 것.

"지내기는 어떻더냐?"

"두터운 은의에 황송하고 황송합니다."

종들에게 주워들은 문자를 따라 읊자 그는 웃었다.

"옷이 잘 맞는구나."

한동안 그는 내가 깨기 전에 나가서 내가 잠자리에 들고서야 돌아왔다. 침모들의 손에 어린아이 몸에 맞춤한 색색의 비단옷이 지어지고, 그것을 내가 받아 한껏 기뻐하고 나서, 그러고도 몇 벌이나 갈아입은 후에야 나를 불러 살펴볼 짬이 난 것이었다.

"황송하여이다."

인사하며 고개를 숙였지만 그가 기뻐하는 것을 알 수 있었다. 크게 웃는 소리가 등 뒤의 문틀까지 쩌렁쩌렁 뒤흔들었으므로.

"과연 인사에 밝고 격이 있구나. 너를 가르친 부모의 덕을 알 만하다."

내가 인사를 잘하게 가르친 사람이 내 부모라면 내 부모는 대장이다. 다리 밑에서 살다가 황야에서 당신의 말에 가슴을 차여 죽었을 거지새끼다. 아니면 당신이 부리는 종복들이다. 나와 신분고저에 다름이 없으련만 높은 분을 모셔서 높여 말하기를 잘 아는 사람들이다.

크게 웃은 후에 그는 한숨을 길게 내쉬었다.

"아무리 멸문지화를 당하였다 하더라도 필경 너만은 살려내고자 힘쓴 어른이 있을 것인데, 그분이 살아 계시다면, 아끼며 기른 아이가 멀리에서 온갖 고초를 겪었다는 것을 아신다면, 분명 가슴이 찢어지고 창자가 끊어지는 심정이실 게다."

아닌데.

나를 기른 어른들은 나를 이웃 애와 바꾸어 먹으려고 했는데.

하면 안 되는 말인 줄은 알지만 떠올라버렸고, 떠올라버리니 우스웠다. 웃으면 안 된다는 것을 알아서 입술을 꾹 물고 참았다.

그는 내가 울음을 참는다고 여기는 모양이었다.

"여자아이가 눈물 보이는 것이 흉은 아니다. 도리어 사내가 휘두르는 칼을 여인의 눈물이 이길 때도 있단다. 그러니 울어라. 정 울고 싶거든 말이다."

그 말은 더 우스웠지만 피가 나도록 입술을 문 이에 힘을 주고 고개를 저었다. 아파서 찔끔 눈물이 날 뻔도 했다.

"기개가 가상하구나. 그래, 비록 여인이어도 충신의 가문에서 났으니 절도를 지키는 것도 좋겠다."

어린아이가 울지 않으면 절도가 있는 것인가. 잘 모르겠지만 아무튼 고개를 끄덕였다.

"글은 조금 읽느냐?"

헤아려보면 손발가락 개수보다는 내가 읽을 줄 아는 글자가 많을 것이다. 하늘을 나타내는 천. 사람을 나타내는 인. 태평도 믿음을 나타내는 갑. 수와 갑자와 간지를 가리키는 글자 중에서도 획수가 적은 것은 어찌어찌 알아볼 수 있었다. 그런 것은 장터 근방을 날마다 떠돌아다니자면 자연히 알게 되니까.

그렇지만.

"거의 모릅니다."

"아주 어릴 때에 변을 당한 모양이로구나."

"기억나지 않습니다."

"그래, 큰 화를 입으면 옛일을 떠올리기가 어렵게 되는 경우도 있다고 하더구나."

그는 자리에서 일어나 수염을 만지며 한동안 서성대다 다시 나를 향해 돌아섰다.

"다시 낙양에 가면 너희 가문을 찾아 너를 돌려주어야 할 것인데 얼마나 가르쳐야 더하지도 않고 덜하지도 않을지 모르겠구나. 여자가 가장 크게 되는 길은 천자를 섬기는 황후나 미인美人*이 되는 것, 아니면 영웅을 보필하는 아내가 되는 것인데, 너무 많이 배우면 욕심을 내서 나라를 그르치고 너무 적게 배우면 그릇이 작아 사내의 뜻을 읽지 못한단다. 어찌 보면 네 평생에 가장 중요한 때가 지금이련만 내가 아이를 길러본 적이 없어 이런 일을 잘 모른다……."

그가 말하는 동안 나는 다시 고개를 숙이고 배 위에 포개놓은 내 양손만 보았다. 손톱 밑에 티끌 한 점 끼어 있지 않은, 잘 씻고 보니 희고 잘 먹고 보니 부드러운 손.

"제 이름도 모르는 아이인데……."

그가 긴 한숨에 섞어 한 말에 내내 궁금하던 것이 떠올랐다.

"제게 은인의 이름을 알려주십시오."

"뭐라?"

---

* 후궁의 관직명 중 하나.

"의지할 곳 없이 떠돌다 죽을 저를 거두어 이토록 후의를 베풀어주신 분의 함자가 궁금합니다."

"이제 보니 맹랑한 구석도 있구나."

이름을 묻는 것이 맹랑한 일씩이나 되는 줄은 몰랐기에 얼굴이 달아올랐다. 종복들은 그를 두고 주인어른이나 공公이라 하고 며칠 내내 집 밖에는 발가락 하나 내놓지 못했기에 그의 이름을 알 길이 없었다.

"하지만 언젠가 집을 찾아 은혜에 보답하려면 저도 알아야 하지 않겠습니까. 저를 도와주신 분이 누구신지를."

물론 있지도 않은 진짜 집에 고하려고 물은 것은 아니었다. 그냥 알고 싶었다. 이렇게나 잘 속는, 본 적도 없는 어린애의 거짓말에 속아 그 애가 평생 들어본 적도 없는 호사를 누리게 해주는 순진한 어른의 이름이 그냥 궁금했다.

"듣고 보니 옳다. 네가 나보다 이치에 맞는 말을 하는구나."

발소리로 그가 내게 가까이 오고 있다는 것을 알았다. 그의 발이 보여서 고개를 들었다. 올려다보니 어룽어룽하던 눈가의 주름 자국이 뚜렷해진 얼굴이었다. 그는 웃고 있었다.

"나는 자사子師 왕윤王允이라고 한단다."

자사子師.

아버지의 이름[字]은 아버지의 스승이 지어줬다고 한다. 아버지가 나의 이름을 지어줬듯이.

천자[子]를 가르치는 사람[師]이 되라는 이름. 아버지의 스승님은, 아버지를 가르쳐보니 아버지가 자기보다 낫다고 생각한 것이다. 너는 내게 배웠으나 장차 더 큰 사람을 가르칠 재목이 될 것이다, 그렇게 지어준 이름인 것이다.

아버지의 이름을 쓸 수 있게 되었을 때, 뜻을 알아차렸을 때 나는 이루 말할 수 없는 기쁨을 느꼈다. 비로소 사람이 된 것 같았기 때문에.

내게도 이제 말할 곡절이 생겼다. 자사 왕윤의 양녀라는 곡절. 멸문을 당한 어느 충신 집안의 한 점뿐인 핏줄로 남았으나, 빼어난 관리이면서도 충심이 지나쳐 가정은 미처 일구지 못한 왕공의 딸이 되었다는, 한 폭의 그림 같고 한 자락 노래 같은 곡절……

그 곡절이 나를 사람으로 만들어줄 것이라고 나는 생각했다.

왕공은 늘 바빴으나 조반만큼은 나와 함께 먹으려고 했다. 나는 왕공보다 먼저 일어나기만 하면 됐다. 그건 그리 어렵지도 않은 일이었다. 오랫동안 밖에서 자보았기에 큰 힘을 들이지 않아도 일어나야 할 때 일어날 수 있었다. 정작 어려운 것은 밥 먹기 자체였다. 먹을 것을 보면 눈이 뒤집히는 습성은 좀체 다스릴 수가 없었다. 어린아이가 얼마나 고초를 겪었기에 먹을 거라면 덮어놓고 좋아할까 딱한 마음에 눈감아주기도 한두 번, 번듯한 집안에서 잘 배우고 자란 여식을 가장하려면 아귀 같은 본성을 필사적으로 숨겨야 했다.

조반을 하면서 무엇을 배우거나 대단한 말을 주고받는 것은 아니었다. 어쩌다 싱거운 이야기가 오갈 따름이었다.

"나이는 어떻게 되느냐?"

"열 살…… 아니, 아홉 살이오이다."

수를 헤아릴 줄 몰라서나 기억이 없어 어리숙한 체하느라가 아니라 정말로 헷갈려서 그렇게 말했다.

"어리구나."

그건 보면 알 수 있는 것이 아닌가.

왕공은 투구를 들고 일어났다. 이윽고 그가 말을 달려 나서는 소리가 들려왔다. 수저를 팽개치고 소매를 걷고 숨을 씩씩 몰아쉬어가며 밥을 먹었다. 상에 놓인 것을 게 눈 감추듯 해치우고, 웃옷 자락을 뒤집어 보이지 않는 데에다 손을 쓱쓱 닦고 아무 일도 없었던 것처럼 왕공의 방에서 나왔다.

잘 먹고 잘 입으며 지내는 것까지는 좋았으나 그렇게만 지내는 것도 퍽 심심한 일이었다. 아침을 먹고 한숨 더 자고 간식을 먹고 종들이 뭘 하는지 구경이나 좀 하다가 저녁을 먹고 또 자고. 거지로 살 적에는 다른 아이들하고 같이 길 끝에서 끝까지 뛰기만 해도 신나서 허파가 뒤집어지게 웃음이 났다. 그때로 돌아가고 싶은 마음이야 조금도 없었지만 그때가 떠오르는 것도 막을 길이 없었다.

아침잠을 더 자다가 숨이 막혀서 깼다. 가슴 언저리에 닭 뼈가 걸린 듯이 아프고 답답했다. 감기 들거나 몸살이 난 적은 있어도 이렇게 아픈 것은 처음이어서 뭔가 단단히 잘못되었구나, 덜컥 겁이 났다. 아프다 아프다 생각하니 더 아팠다. 누구든 붙잡고 아프다는 말을 하려고 방문을 나서다가 입으로 뭔가를 뿜어냈다.

아이고, 아기씨!

지나가던 여종 하나가 소리를 지르며 뛰어왔다. 누구 나가서 의원을 불러오라고 야단, 입으로 뿜어낸 것 위에 내가 넘어져서 또 야단, 사방이 시끌시끌한 가운데, 실컷 잔 잠이 무색하게 나는 자꾸 눈이 감겼다.

다시 누워 눈을 붙였다 뜨니 때는 어두웠고 나는 침상에 반듯이 누워 있었으며 왕공이 불 밝혀둔 초 곁에 서서 나를 보고 있었다. 간식도 저녁도 못 먹고 잤구나. 왕공이 돌아올 때까지. 얼핏 의원을 본 기억도 났고 반쯤 잠이 깬 채로 길게 트림을 한 기억도 있었다. 씻겨주고 옷을 갈아입혀 자리에 누이는 누군가의 손길도 잠결에 느꼈다. 왕공은 한참 나를 지켜본 듯 내가 정신을 차리자마자 말을 걸어왔다.

"체했다더구나."

그렇게 아픈 것을 보고 체했다고 하는구나. 그때껏 나는 뭘 먹고 토한 적이 한 번도 없었다. 상한 것을 먹었을 때에만 토하는 줄 알았다. 웬만큼 맛이 간 것을 먹어도 탈이 난 적이 없어서 나는 속이 튼튼한 줄만 알았다.

"면목 없습니다."

"아이가 크다 보면 아플 수도 있는 것이지. 괘념치 말고 낫기나 하거라."

"이제는 괜찮습니다."

왕공은 머뭇거리는 듯하다가 가볍게 한숨을 내쉬고 말했다.

"급하게 많이 먹어 체한 것 같다. 안 그래도 작고 마른 아이가 밥도 먹는 둥 마는 둥 하기에 걱정을 했더니, 내가 자리를 뜨면 상에 있는 음식을 다 먹는다고 시비들이 그러더구나."

어떻게 알았지? 아무도 모르는 줄 알았는데…… 그렇군. 그릇을 나르는 사람이라면 음식이 얼마나 들어갔다가 얼마나 나오는지 다 알겠지. 왕공을 내내 모시던 사람이라면 왕공이 얼마나 먹는지도 훤히 알 테니, 남은 음식은 다 어디로 갔는지도 뻔한 일이다. 왕공이 부리는 사람이 왕공한테 그걸 고하는 것도 당연한 것이다. 그걸 생각지 못하고 모두를 속여 넘긴 줄만 알았던 게 부끄러워 얼굴이 화끈거렸다.

"오래 떠돌다 보니 먹을 것을 보면 정신을 못 차리게 되었습니다."

"안다. 어찌 보면 내 탓이다. 내가 찬을 많이 남긴 탓에 네가 다 먹고 탈이 난 것 아니냐."

그런 이야기를 하는 도중인데도 염치없는 뱃구레는 저녁을 못 얻어먹었다고 난리였다. 오랜만에 느끼는 허기에 거지 시절이 절로 떠올랐고, 그때는 하루 한 끼 먹기도 간절했다는 것을 생각하니 더 부끄러워졌다.

왕공은 침상 곁에 걸터앉더니 낮은 목소리로 말을 이어갔다.

"나는 자식을 보기 전에 상처하고 오래 혼자 지내 가정이 무언지 잘 모른다."

나는 촛불 빛을 비스듬하게 받아 밝은 곳은 더 밝게 두드러지고 어두운 곳은 더 어둡게 파인 왕공의 옆얼굴을 보며 그게 내가 욕심부리다 체하고 토하고 이제는 소화가 다 되어 다시 배가 고픈 것과 무슨 상관이 있는지 가늠해보려 애썼다.

"나랏일이 바쁘고 집안 사정에는 마음 두지 않은지라 아이 욕심도 없는 줄 알았는데 네가 아팠다는 이야기를 들으니 가슴이 저리더구나."

"괘념치 마십시오."

방금 배운 말을 왕공에게 돌려주었다. 이럴 때 쓰는 말이 맞겠지. 왕공은 웃으며 몸을 돌려 내 쪽을 보고 앉았다. 나를 보고 앉으니 불빛이 얼굴 언저리에만 닿아서 표정을 더는 알 수 없었다.

"어차피 맡은 아이니 귀히 여기며 데리고 있으리라 마음먹은 바는 있었지만, 기왕지사 네 곡절을 다 알기 전까지는 내 딸인 양 너를 길러보려는데 네 뜻은 어떠하냐?"

"딸이라고 하셨나요?"

"그래."

"저의 아버지가 되어주신단 말입니까?"

"네 뜻도 그렇다면 말이다."

어두워 잘 보이지 않는 얼굴로 왕공은 믿기지 않는 말을 하고 있었다.

주워온 아이인데도 이렇게 융숭히 대접해주는 사람이라면 가족에게는 더 극진할 것이다. 그건 내 눈으로 내 손금 들여다보듯 훤히 알 수 있는 일이었다. 그렇지만 그가 왜 그런 말을 하는가는 알 수 없었다. 훤한 손금을 내 눈으로 보면서도 내 운명을 읽어내지는 못하듯이.

생각나는 이유는 오직 하나뿐. 내가 충신의 자손인 줄로만 알고 있어서.

내가 오랫동안 말이 없자 그가 입을 열었다. 내 짐작이 옳다는 것을 알려주려는 듯이.

"끝내 네 집안을 찾아 너를 돌려주지 못하면 나라도 나서서 너의 혼처를 알아보아야 할 터인데, 그때 가서 왕씨가 아이를 게을리 키웠다는 말을 듣기는 싫구나. 잠시 맡은 아이가 아니라 내 딸이라 여겨야 그런 일이 없겠지."

"베풀어주시는 은혜에 몸 둘 바를 모르겠습니다."

내가 간신히 대답한 다음에야 그는 평소처럼 호기롭게 소리 내 웃었다.

"아버지한테 너무 내외를 하는구나!"

그런가. 그에게 아이가 없었던 것처럼 나도 부모라 여겨본 사람이 없어서 어떻게 해야 부모 같고 자식 같은 것인지 몰랐다. 나는 이불을 양손으로 꼭 그러쥔 채 작은 소리로 불러보았다.

"……아버지."

아버지.

아버지가 된 왕공은 내 머리를 가볍게 쓰다듬고 일어나 밖으로 나갔다. 촛불 빛이 아버지의 갑주 곳곳을 훑어 드러냈다가 이내 지나갔다. 갑주를 벗지도 않고 내게 왔구나. 내가 아프다는 말을 듣고 걱정이 되어서.

낮 동안 줄곧 누워 지내서인지 잠이 오지 않았다.

아버지처럼 자사가 되고 싶다는 내 말에 아버지는 한번 크게 웃고 말했다. 아비가 일러주지 않았니, 여자로 가장 크게 되는 길은 천자의, 태자의 비가 되는 것이다. 자사 같은 것은 손발이 곤하기나 하지 실속이 없으니 생각도 말려무나.

더 나중에 아버지는 이런 말도 한 적이 있다.

이런 난세에 계집으로 태어나 얼마나 다행이냐. 사내놈들은 예와 법을 모르고 분수도 깨닫지 못한 채로 영웅이 되겠다며 날뛰다 죽는데 여자가 되어서는 그런 일이 없지 않니.

그렇지만 그때, 아버지가 자사 같은 것은 생각도 말라던 때에 나는 어려서 아버지의 말을 알아듣지 못하고 계속 고집을 부렸다. 저도 자사가 되고 싶습니다. 아버지처럼. 왜냐하면 어떤 아이도 다리 밑에서 굶어 죽는 일이 없게 하고 싶어서. 아버지는 그제야 여자에게는 벼슬을 주지 않는다고 말했다. 정말 여자는 관리가 될 수 없습니까? 그래, 여인으로서 관모에 손댈 수 있는 자는 오직 초선뿐이란다.

초선관모는 담비[貂] 털과 매미[蟬] 날개로 만들어 망가지기가 쉽다. 삼공이나 그 이상 가는 높은 관직에 오른 사람의 집에나 황제의 곁에는 그 관만을 모시고 손보는 여인을 둔다. 그런 여인을 초선이라 부른다.

그러면 저도 초선이 되겠습니다.

아버지의 말을 다 듣고 나는 그렇게 말했다.

그래, 언젠가 아비가 초선관을 받거든 네가 그것을 돌보고, 훗날 네 지아비가 초선관을 쓸 차례가 되면 그 또한 네가 돌보거라.

그날부터 나는 초선이라 불리게 되었다.

왕공을 아버지라 부르게 되면서는 조반을 함께하는 일이 없어졌다. 《예기》에 이르기를 비제비상 불상수기非祭非喪 不相授器, 남자와 여자는 제사 때나 상을 당했을 때가 아니면 서로 그릇을 주고받는 일이 없어야 하기 때문에. 나를 손님으로 여길 동안에는 살을 잘 찌우려고 조반이나마 보면서 먹이려 했으나 이제는 가족이니 법도대로 해야 한다는 것이었다.

이상한 법도도 다 있군. 거지일 적에는 얻어온 것을 한자리에 둘러앉아 나눠 먹었는데. 너무 배가 고파 얻은 음식을 몰래 먼저 먹고 애초 조금밖에 얻지 못한 척한 적은 있지만, 많지만,

실은 매번 그랬지만, 음식을 앞에 두고 누구는 여기서 먹고 누구는 저리 가서 따로 먹으라 한 적은 없었다. 감히 《예기》에 나온 법도가 어린 거지 떼의 의리보다 못하다는 것은 아니지만, 그래도.

별명처럼 불리던 초선이라는 이름이 귀에 익게 되었을 즈음부터는 글을 배웠다. 종복들 중에 조금 학식이 있는 자가 집사 노릇을 하며 아버지의 세간 살림을 돌보고 있었는데 그가 나를 가르치게 되었다. 이럭저럭 못 읽는 글자가 없게 되었을 즈음부터 배운 것이 《예기》의 내칙편이었다. 뼈대 있는 집안의 여식인 체하려면 아버지가 조반을 함께하자 할 적부터 남녀가 유별하니 말씀을 거두어달라 청했어야 한다는 것을 뒤늦게 알았다. 그래서 이따금은 그런 생각도 들었다. 어쩌면 아버지는 내가 본데없이 뒹굴며 자랐음을 이미 꿰뚫어 보지 않았을까.

집사는 아버지가 문무양도 출중하고 충심 또한 곧고 정하여 왕좌지재王佐之材라 불린다 일러주었다. 나라에서 제일가는 신하, 천자를 보좌할 인재라 불리는 대단한 사람이 내 얄팍한 거짓말 같은 것에 속을 리 없지. 맹랑한 아이 하나가 그 순간을 모면하려고 둘러댄 임기응변을 그리 간단히 믿을 리 없지. 그 생각은 대개 속이 타들어가게 만드는 불안이었으나 얼마간 달콤한 부분도 없지 않았다.

누구에게도 속을 리 없는 아버지, 나의 현명한 아버지가 한편 끝없이 너그럽기도 하여, 내게만은, 나의 뻔한 거짓말에만은 눈감아주는 것이 아닐까를…… 그러면 얼마나 좋을까를, 나는 내내 생각했던 것이다.

계절이 몇 번 바뀌었다.

《시경》주남편에 이르기를 그윽하고 정숙하고 맑은 여인이 군자의 좋은 짝이라 하였다. 그런 여인이 되라는 가르침을 받는 동안에 나는 키가 자라고 살이 올랐다. 빌어먹고 다니던 시절에 못다 자란 것을 보상해야겠다는 듯. 아침에 소세할 물을 받아두고 대야에 뜬 동심원이 가라앉기를 기다리면 낯선 얼굴이 떠올랐다.

사람의 낯을 비추는 거울이라는 물건이 있다는 것을 들어서 알고는 있었지만 아버지를 만나기 전에는 본 적 없었다. 거울은 동판을 갈아 반들반들하게 만드는 것이어서 무척 비쌌다. 그래서 나는 내가 어떻게 생겼는지를 잘 몰랐다.

어린 거지 떼끼리는 서로 어떻게 생겼는지 이야기해주며 놀기도 했다. 너는 눈이 크다. 작다. 코가 높다. 낮다. 넓다. 좁다. 눈썹이. 입술이. 뺨이. 귓불이. 못났거나 잘났거나 이도 저도 아니거나.

입 닥쳐라. 배 꺼진다. 어린애들이 서로의 외모에 관심을 가지면 큰 애들이 찬물을 끼얹곤 했다. 하긴 빌어먹고 사는데 잘났으면 어쩌고 못났으면 어쩌게. 큰 애들 말대로 소용없는 입방아였지만 호기심은 꺼지지 않았다.

어쩌다 물을 얻어 마실 때 조심히 그릇을 받아 들면 아이들이 해준 말이 옳은지 그른지 조금이나마 알 수 있었다. 냇물은 끝없이 흘러서, 갓 뜬 우물물은 흙이 떠서 사람을 비추어내지 못했다. 우물에서 퍼 올려 흙을 한숨 가라앉힌 물이라야 얼굴이 보였다. 그런 물을 얻어 마시는 것도 흔히 있는 일은 아니었다. 얼른 그릇을 돌려주어야 해서 비친 것은 황급히 눈에나 담고 물을 마셔야 했다.

내가 이렇게 생겼던가.

눈과 코 언저리나 겨우 비추어내던 작은 그릇 속 얼굴과 대야에 뜬 지금의 얼굴이 다른 것은 내가 자라서인가 호사에 겨워서인가.

손날로 찌르자 대야에 뜬 여자애 얼굴이 사라졌다. 잘 모르는 얼굴을 지워버리려는 듯이 물을 떠서 한참 문질렀다.

곁에 서 있던 여종이 얼굴 닦을 헝겊과 함께 말을 건네 왔다.

"아기씨."

"무슨 일이니."

주인이 부르기 전에 종이 먼저 말을 건네는 것은 자주 있는 일이 아니다. 그러고 보니 못 보던 사람, 젊은 사람이었다. 나보다 서너 살이나 많을까. 여종은 빙긋 웃었다.

"아기씨는 저를 모르시겠지만 저는 아기씨를 알아보겠습니다."

돌아서서 얼굴을 닦던 나는 고개를 홱 돌려 여종을 보았다. 여종은 시종 웃는 낯이었다. 당황해서 못 박힌 듯 저만 바라보고 서 있는 내게서, 여종은 빼앗듯 헝겊을 거두어 갔다.

"물러가나이다."

소세할 물을 물리고 침상에 걸터앉아 한동안 여종의 말을 생각했다. 종복들과 시비들 대개는 아버지가 낙양에서부터 부리던 이들이었다. 그들이 늙거나 병들고 제 사정에 따라 일을 못 하게 되면 자리가 나게 되어 있고, 가세가 더해져 일손을 더 뽑을 수도 있는 노릇이다. 그러면 낙양에서 사람을 더 불러오는 것이 아니라 이곳 예주에서 구하는 것이 이치에 맞겠지. 그러면 자연히 집안에 내 얼굴을 아는 사람도 생길 수 있는 것이다.

그러니 여종이 한 말은 실은 이런 뜻일 것이다.

나는 너를 안다.

너 시장통에 떠돌던 거지 아니니.

생각이 거기에 닿자 피가 식고 숨이 멎는 듯했다.

두화

아버지가 아시면 어찌 될까?

내가 한 거짓말이 아버지 앞에 엎질러지면.

거짓말은 들통에 부어 끓인 오물 같다. 더럽고 냄새나는 것은 물론이거니와 뜨겁기까지 해서 사람을 다치게 할 수가 있다.

내가 아버지에게 고한 거짓은 단 한 가지뿐이다. 그렇지만 아버지는 그 한 가지 거짓을 믿고 나를 딸로 삼았다.

아버지, 나를 귀애하는 아버지.

이 초선을 아끼시지요?

집안의 모든 종복이며 시비들을 통튼 것보다도 예뻐하시지요?

온 예주의 모든 백성 목숨을 다 헤아려도 저 하나를 당하지는 못하겠지요?

아버지. 저도 그렇습니다.

그렇기에 아버지에게만큼은 들키지 않기를 바랐다. 비단

나를 위해서가 아니라 이미 나를 듬뿍 아끼게 된 아버지를 위해서.

목숨을 내놓을 각오로 거짓말을 하다 보면 어느덧 그것이 참이 되기도 한다. 시늉도 백 번이 되고 천 번이 되면 더는 시늉이라 할 수 없게 되는 이치다. 하지만 신분만은 시늉으로 고칠 수 없다. 천출이 천 번 만 번 귀인 행세를 해봤자 무소용이다. 저 스스로 천하다는 것을 잊어야 진정으로 귀한 행세를 할 수 있는데, 천하지 않으려 애씀이 이미 천한 것이다. 제가 천한 것을 모르면 귀하려 애쓰지도 않는다.

불운하게도 나는 내가 천한 것을 알고 말았다. 그렇다면 적어도 이를 아는 사람은 천하에 나 하나뿐이어야 했다.

어디서 나타났는지도 모를 미천한 계집종 하나가 아버지에게 나의 정체를 일러바치게 둘 수는 없었다.

그때껏 집에서 일하는 종들에게는 관심이 없었다.

그들이 나보다 아랫사람이어서는 아니었다. 우선 신분의 높고 낮음을 어림잡을 줄 안 지가 얼마 되지 않았다. 이 집에서는 아버지가 제일 높고, 종들은 모두 그 아래에 있고, 아버지가 나를 종들보다 위에 두었다. 종복들과 시비들 사이에도 차례와 서열이 있다는 것을 나는 굳이 알 필요가 없었다.

얼굴을 익히고 사람을 구별하는 재주가 적기도 했다. 방금 상을 차린 사람이 누구였는지, 아버지께서 찾으시더라고 일러 주는 사람은 또 누구인지 돌아서면 얼굴이 기억나지 않았다. 빌어먹던 시절에는…… 이제는 그것도 가물가물하지만, 그때는 굳이 사람의 얼굴을 기억해두지 못해도 되었다. 어차피 곧 죽거나 제 입 하나라도 챙기겠다고 떠날 아이들 천지였고, 패거리에서 제일 수완이 좋은 대장은 늘 내 곁에 있었으니까.

그 대장의 얼굴조차도 나는 기억하지 못했다.

내게 말을 건넨 여종이 종들 가운데 그나마 눈에 띈 까닭은 그 애가 눈에 띄게 어려서였다. 종들 가운데 가장 나이가 많은 자는 나를 가르치는 집사였고 가장 어린 자는 그 애였다. 집사는 종들 가운데 가장 높은 자이기도 했다.

"아기씨, 무엇 마음에 걸리는 점이라도 있으신지요?"

펼쳐놓은 죽간 한구석에 눈길을 꽂아둔 채 멍하니 있노라니 집사가 다그치듯 말을 건네 왔다. 고개를 들자 집사의 얼굴이 보였다. 희끗희끗하게 센 머리와 깊이 팬 주름들. 아버지와 비슷한 또래일 것이다. 이자가 아버지의 의복을 취하면 나는 그게 아버지인지 집사인지 구별할 수 있을까. 나는 도리질을 쳐 헛된 생각을 머리에서 몰아내고 말했다.

"근자에 못 보던 아이가 시중을 들던데."

"아, 그 아이 말입니까."

집사는 의기양양한 태도로 답했다.

"소인이 주인어른께 간하였답니다. 이제 아기씨도 어엿한 여인의 태를 갖추어가시는데, 아직 어리실 때에 말동무 삼으실 또래 하나를 붙여두시는 게 어떠냐고 말입니다."

쓸데없는 짓을.

"아기씨 용모도 때맞춰 돌볼 줄 알고 얼마간 일머리도 있을 법한 아이를 구했더니 아기씨보다는 조금 나이가 있습니다. 그래 뵈어도 세상 돌아가는 이치를 알 만큼은 알 터이니 말을 섞기에 모자라지는 않을 겝니다."

"계집이라고 입이나 놀리며 시간을 허비하는 것보다, 이렇게 배우고 익히는 시간이 나는 더 좋은데."

"참으로 기특한 말씀이오마는 소인이라고 늘 아기씨 곁에 있지는 못하지 않습니까."

실로 집사는 바빠서 종일 나만 가르칠 수 없었다. 대꾸할 말을 찾느라 망설이는 사이 집사가 먼저 말을 건네 왔다.

"마음에 안 드십니까? 그 아이가."

옳거니.

"그렇다면?"

집사는 미간을 힘주어 모으고 있다가 훗 소리를 내며 웃었다.

"그간 또래와 정을 나누며 지내신 적이 없어 낯설고 마음에 안 찰 수 있습니다. 집안에 종이랍시고 온통 중늙은이들만 모여 있어 그간 얼마나 적적하셨을지요. 일단 지켜보시고 마음에 안 든다 하시면 소인이 잘 가르치고 다듬어보겠습니다. 그러고도 정 싫다시면 다른 아이를 알아보면……."

"아니, 그런 말은 아니야."

생각이 채 끝나기도 전 다급하게 집사의 말을 막았다. 다른 아이가 들어오면 그 애는 나를 모르리란 법이 있을까? 나는 누구에게서 빌어먹었는지, 어느 집의 신세를 졌는지 다 기억하지 못하지만, 내게 밥 한 술, 돈 한 푼을 쥐어준 집의 아이는 나를 기억할 수도 있다. 내게 함부로 말을 건네 온 그 젊은 여종이 그랬듯이. 그걸 재차 확인하고 싶지는 않았다. 그 여종을 내쫓으면 어찌 될까? 집 밖으로 나간 그 애가 소문을 낼지도 모르지. 다리 밑에서 지내며 빌어먹던 어린 거지 떼 중에 하나가 지금 왕공의 집에 머물며 양녀 행세를 하고 있다고.

일단은 그 애를 내 곁에 묶어두고 지켜보아야 했다. 집사의 뜻은 그런 것이 아니었겠지만 어쨌거나 집사의 말대로.

"과연 그렇지요? 한번 정을 붙여보십시오. 아기씨가 귀한 분을 만나 혼사를 치를 때에도 그 애가 아기씨를 모시게 될 터입니다."

혼사?

"아, 물론 주인어른께서 낙양으로 귀성하실 때까지는 혼담을 트지 않으려 합니다마는 그야 언제 귀성하실지 모르기도 하고요."

물끄러미 올려다보자 집사는 경망스러울 만큼이나 신이 나서 떠들어댔다.

"혹여 황명이 닿기 전에 아기씨의 혼기가 여물면 예주에서 신랑감을 찾아야 할 수도 있겠지만 말입니다."

"그러면 어떻게 되는 거지?"

"예주에서 혼사를 치르시겠지요."

내 물음에 집사는 무슨 당연한 소리를 하느냐는 듯 웃으며 말했다.

"아니, 그런 말이 아니야."

"그러면요, 아기씨?"

"나는 예주 사람의 아내로 예주에서 살고, 아버지는 낙양으로 가시고?"

"그렇게 되겠지요."

싫은데, 그런 것은.

"물론 주인어른께서도 아기씨를 이런 고장의 관리쯤이 아니라 천자를 곁에서 모시는 높디높은 분께 보내고 싶으실 것이니 염려 놓으십시오. 다만 확언할 수 없는 앞일이다 보니."

내 얼굴이 어두워졌음을 그제야 알아차렸는지 집사는 손을 내저으며 얼버무렸다.

"소인이 쓸데없는 소리를 너무 늘어놓았습니다. 부디 괘념치 마십시오."

"아니야, 마음 써주어 고맙네."

집사는 눈썹을 팔자로 모으고 한숨을 폭 내쉬었다.

"어찌 이리 심성이 고우십니까. 소인 같은 아랫것에게 고맙다, 미안하다 말씀을 아끼지 않으시니."

어찌,라는 말을 붙이자면, 집사가 내가 별 마음도 담지 않고 건넨 말에 돈이라도 받은 듯이 감격하는 거야말로 어찌,가 아닌가. 그에 말문이 막혀 잠자코 있자 집사는 죽간을 거두어 척척 접었다.

"오늘은 이것으로 마칠까 합니다. 후원 구경이라도 하시는 게 어떠신지요? 사람을 붙여드리겠습니다."

붙이겠다는 사람은 물론 그 여종이겠지. 생각만 해도 한숨이 나오는 일이었다. 마다할 수도 없었다. 뾰족한 까닭도 없이 그 애를 싫다 했다가 오히려 일을 그르칠 수가 있으니까.

내내 딴생각을 하느라 공부는 제대로 하지 못했지만 그 무엇보다 중요한 것을 배웠다. 원하는 바를 곧이곧대로 내보이면 도리어 그것이 멀어진다는 것. 이 난국을 제대로 헤쳐 나갈 묘수가 보이기 전까지는 계집종을 가까이 해두는 게 좋겠다고 나는 생각했다.

그건 그렇고, 귀성…… 귀성이라.

그 애를 떼놓고 아버지를 따라 낙양으로 갈 수는 없을까? 나를 아는 사람이 아예 없는 곳으로 안전하게 달아날 도리는 없는 걸까.

"그거 아시나요, 아기씨? 주인어른은 지체도 높으시지만 돈도 아주 많으셔서 이 집을 아예 사가지고 들어오셨답니다."

그러니? 하고 대꾸해줄 법도 했지만 나는 입을 다물었다. 일부러 그 애로부터 멀리 떨어진 데만 보면서.

"관리들은 대개 현에서 관리하는 단출한 집에 머물거나 얼마간 돈을 주고 지역 유지들에게서 집을 빌리는데 말이에요. 보세요. 후원도 얼마나 잘 가꾸어두었나요. 본래 이 집에 살던 부자는 이 집을 팔고⋯⋯."

"얘."

"예? 예, 아기씨."

"너는 이름이 뭐야?"

여종은 방정치 못하게 히이이 하는 소리를 냈다. 여종을 쳐다보지 않고도 그 애가 얼마나 신이 났는가를 알 수 있었다. 누가 진짜 궁금한 줄 알고? 네 이름 같은 것, 누가 알고 싶어서 물어본 줄 알고?

어디까지나 내 실리를 위해 묻는 것이었다. 멀리 가지 못하게 붙들어두려고.

"두화라고 합니다. 머리에 꽃, 두화요."

"이름이 곱구나."

별 뜻 없이 말이 고와서 곱다고 했는데 여종은 또 히이 헤에 하며 즐거워했다. 그 때문에 나는 기분이 상했다.

"아기씨는 통 말씀도 없으시고 차가운 분이라 하던데 그렇지도 않네요. 그렇지요?"

나는 안 그래도 천천히 떼던 걸음을 아주 멈추고 두화를 돌아보았다.

나도 그리 영특하지는 못하지만 이 애는 참 멍청하구나. 내가 윗전인 것을 알면서도 서슴없이, 종들끼리나 쉬쉬하며 주고받을 뒷말을 전하다니. 속으로는 전혀 윗전으로 여기지 않아서 그러는 것일까?

"누가 그러던?"

"다들 그러던데요."

두화는 어리다는 것 말고는 어느 한구석 기억에 남지 않을 범상한 얼굴 가득 웃음기를 머금고 망설임 없이 말했다. 대거리할 의욕이 생기지 않을 만큼 어리석은 아이였다. 그렇지만 그렇게도 어리석은 아이여서, 할 말 못할 말을 잘 가리지 못하는 아이여서 더더욱 경계해야 했다.

"지금은 여종들 처소에서 지내겠구나."

"그렇지요, 다들 어머니보다도 나이가 많으셔서 말이 영 안 통한답니다. 입 좀 풀려 들면 시끄럽다고 꾸중이나 놓으시고들. 지체 높은 아기씨의 말벗을 구한대서 냅다 예 있소 하고 들어왔는데 아기씨는 절 거들떠도 안 보시고 아주머니들은 구박만 하고, 어찌나 답답했는지 몰라요."

말하는 모양을 보니 아직 내 얘기를 함부로 하고 다니지는 못했나 보군. 마음이 놓였다.

"아버지께 말씀드려둘 테니, 이제부터 내 침소로 건너와 지내도록 해."

"예에?"

어린 여종은, 두화는 손뼉을 짝짝 치고 펄쩍 뛰며 듣기 싫게 연신 히이 헤에 소리를 냈다.

"참으로 잘 생각하신 거예요, 아기씨. 아기씨도 이 괴괴한 집안에서 얼마나 적적하셨나요. 앞으로는 제가, 아니 소인이 심심하실 일이 없게 모시겠습니다."

조금 곁을 내주었다고 큰 상이라도 받은 양 펄펄 나는 꼴이 얄미우면서도 우스웠다.

"네가 그리 기뻐하니 나도 흐뭇하구나."

물론 마음에 없는 소리였는데, 두화는 날 보더니 씩 웃었다.

"그럼요. 저는, 아니 소인은 알고 있었습니다. 아기씨께서 틀림없이 저를 마음에 들어하시리란 것을요. 제 생각이 옳았는데 어찌 아니 기쁘겠습니까?"

그 말이 새삼 비위를 상하게 하는 바람에 나는 그 애를 곁에 묶어두기로 한 내 판단이 옳았는가를 돌아보지 않을 수 없었다.

너는 참 곱게 생겼지만 잘 웃지도 않고 통 울지도 않아서 목석같다.

다른 애들을 봐라. 먹은 것 없어 기운도 없는데 하루 종일 뭐가 좋은지 쟁쟁거리고 깔깔거리지 않니. 배가 고프다며 울기도 잘 울고.

그렇게 말했던 건 아마도 대장. 나는 이렇게 되물었던 것 같다. 대장처럼 큰 아이들도 잘 웃지도 잘 울지도 않지 않느냐고.

그건 말마따나 조금 커서 그런 거다. 사람은 말이야, 어른이 될수록 감동도 적어지고 표정도 적어진다. 어리면 어린 대로 웃음이 나면 웃고 눈물이 나면 울어야지.

하지만 나는 정말이지 웃음이 날 때에만 웃고 눈물이 날 때에만 우는데.

우리 같은 처지일수록 그래선 안 된다. 나를 봐라. 너희들 앞에선 큰형님이랍시고 무게를 잡지만 구걸을 할 때에는 우는 시늉도 하고 감사하다고 굽신거릴 때에는 헤실헤실 잘 웃지 않니.

시늉. 시늉이 중하다. 약할수록 시늉을 잘해야 돼.

몸을 일으키자 비단 이불이 부스럭거리며 흘러내렸다. 두화는 잠들어 있었다. 위아래 너비가 내 침상 가로 너비만도 되지 않는 작은 간이 침상에, 내 발 아래 누워 세상모르고 잠들어 있었다. 한참 동안 나는 그 애의 몸뚱이가 그려낸 어둡고 굽이 진 그림자를 바라보았다.

이제야 대장의 말뜻을 조금 알겠다는 생각이 들었다.

딱히 기쁘지 않아도 기쁜 체하는 법, 슬프지 않아도 슬픈 체 하는 법을 알아야 했다.

좋아하지 않아도 좋아하는 것처럼 보이게.

싫어도 싫지 않은 것처럼 보일 수 있게.

그러는 법을 알아야 사람을 뜻대로 부릴 수 있음을 대장은 진작에 내게 가르쳐준 것이었다.

한편 두화는 느끼고 생각하는 바가 만면에 낱낱이 드러나 는 아이였다. 제 딴에는 제가 나를 교묘하게 주무르고 있다고 생각하는 모양이었는데, 그 수가 얕고 빤해서 모른 체해주는 게 더욱 힘든 노릇이었다.

가령 이러했다.

"아기씨, 닭고기는 아무래도 삶고 국물을 내는 것보다 굽고 지져 노릇하게 먹는 게 맛있지요?"

두화는 내 침소에 머물면서 식사도 함께하게 되었는데, 상 은 따로 썼지만 찬은 내 상에 오르는 것을 몇 가지 나누어 받는 식이었다. 나는 아버지와 같은 상을 받으므로 두화도 아버지 와 같은 것을 먹는 셈이 되었다. 삶고 국물을 내 연하게 만든 닭고기 요리는 연세가 높은 아버지의 입맛대로 한 것이었고 두화는 그게 마음에 들지 않는 듯했다.

어찌 나오는지 보려고 곧이곧대로 말해주었다. 아버지 입맛에 맞게 지은 것이어서 나도 이게 좋다고. 곁눈질로 보니 두화는 입을 딱 다물고 젓가락도 딱 소리 나게 상에 내려놓았다. 이게 감히 윗전 앞에서,라고 꾸짖을 수도 있고 종복들더러 데려가라 하여 매질을 할 수도 있었지만 참고, 잠깐 뜸을 들이다 이렇게 말해주었다.

"먹어본 기억이 없어 맛을 모르는지도 모르지. 궁금한데 한 번 구워달라고 여쭤나 볼까."

그러자 두화는 내가 눈을 돌리지 않아도 그 기뻐하는 기색이 보일 만큼 팔을 휘적거리고 힉힉 소리를 내며 호들갑을 떨었다.

"말씀대로 아기씨가 주인어른처럼만 잡수셔서 모르시는 거예요. 저도 몇 번 먹어본 적은 없지만 한번 맛을 보면 자다가도 생각이 날 정도랍니다. 말이 난 김에 제가 주방에 가서 아기씨가 구운 닭고기를 찾으시더라고 이르겠습니다."

이를까요,도 아니고 이르겠습니다. 그러더니 두화는 곧장 방을 떠났다. 집사가 가르쳐준 법도와도, 길거리에서 배운 행동법에도 맞지 않았다.

저 애는 집에서 가르쳐주지도 않았나? 밥을 먹다 말고 돌아다니는 것은 거지들이나 하는 짓거리라는 것을.

그건 어린 거지 떼 사이의 농담 같은 것이었다. 멀쩡한 집에서는 거지들이나 돌아다니며 밥을 먹는다고 가르친다더라. 우리도 먹을 때는 앉아서 먹는데. 하나 우스울 것 없는 그런 말을 하며 거지 떼는 낄낄 웃곤 했다.

저녁상에는 포를 떠서 구운 닭고기가 기어이 올라왔다. 뜻한 바가 이루어져 참 기쁘고 득의양양하겠구나 싶어 두화가 어쩌는지 보았더니, 평소에는 떠드는 데에 정신이 팔려 나랑 비슷하게 식사를 마치던 아이가 행여 흘릴세라 뺏길세라 그릇 비우기에만 열중했다. 원래 두화는 나보다 빨리 먹고 상 물릴 채비를 해야 했지만 그전에는 제때 제 할 노릇을 제대로 한 적이 없었는데, 소원 하나를 풀어주니 그럭저럭 제 몫을 해내게 된 것이 재미있었다.

"또 먹고 싶거나 갖고 싶은 것이 있으면 말하려무나."

내가 말하자 일순간 두화의 얼굴에 자명한 탐욕이 비쳤다가 곧 사라졌다.

"어유, 제가 어찌 아기씨에게 제 원을 고하나요. 닭구이는 아기씨가 맛을 모르신다니 딱해서 말이나 해본 것입니다. 어떠셨나요?"

딱해?

내가 딱해?

"재미있구나."

"닭구이의 어디가 재미있어요?"

내 답이 엉뚱하다고 생각했는지 두화가 싱글싱글 웃으며 물었다.

"아기씨는 물가가 그립지는 않으신가요?"

함께 지낸 지 달포가량 지났을 무렵에 문득 두화는 그렇게 물었다. 다리 밑에서 지내던 때가 생각나지 않느냐는 말인가. 나도 모르게 쏘아보았는지 두화는 도리질하며 물음을 고쳤다.

"아니, 아니. 바깥 구경을 통 못하시니 물 구경할 일도 없지 않으시냐는 말입니다."

그렇게 말하면서도 얼굴에 빙글빙글 도는 웃음기를 감추지 못하는 것을 보니 거지였던 네 처지를 잊었느냐 묻는 게 맞는 듯했다. 그럼 그렇지, 역시 나를 협박하고 싶었구나. 내 약점을 번연히 알면서도 써먹을 틈을 찾지 못해 아쉬웠구나. 한동안 내색을 않기에 내가 애먼 사람을, 그것도 이렇게 무엇 하나 숨길 줄 모르는 멍청한 아이를 괜히 의심하나 했다.

쏘아본 것은 내가 잘못했다. 의중을 무심코 내보인 것이 어리석었다.

"따로 물 생각을 할 일이 있겠니, 집 안에 우물도 있고 네가 밤낮으로 종알거리는 소리가 물소리처럼 그치지 않거늘."

내 말의 어디가 재미났는지 두화는 손뼉을 짝짝 치며 즐거워했다.

"그래도 아기씨, 후원에 잉어라도 서너 마리 키우게끔 해서 가끔 물 구경이나 하시면 좋지 않겠어요?"

옛날 생각도 나실 테고…… 두화가 작은 소리로 그렇게 덧붙인 게 맞는지 내가 없는 말을 들은 듯 착각하는 것인지 영 헷갈렸다.

"그럴까? 후원에 작은 못이라도 파자고 아버지께 말씀드릴까?"

"그래요 아기씨, 너무 좋은 생각이셔요."

좋은 생각은, 내 생각이 아니라 네 생각이어서 그렇겠지. 만면 득의양양한 기색이 꼴 보기 싫으면서도 나도 두화를 보고 웃어주었다. 그래, 그렇게 생각하렴. 이 집에서 제일 높은 어른이 양녀라면 사족을 못 쓰고, 그 양녀는 제 몸종이 하자는 대로 다 하는 천치인가 보다 여기렴. 이 집의 실세가 된 듯 기세등등해져보란 말이야.

아버지는 기뻐하셨다. 여태껏 먼저 무얼 달라거나 떼쓰는 법이 없던 내가 요 얼마간 이것저것 요구한 것이 아이다워 흡족한 듯했다. 짐짓 엄한 얼굴로 더 크면 이런 큰 청은 들어주지 않을 것이다, 아직은 어리고 별히 호사를 누려본 적 없는 것을 알아서 들어주는 것이다, 알겠느냐, 하시는 아버지 앞에서 예를 갖추어 인사를 올렸다.

아버지, 실은 저는 바라는 게 없습니다. 아버지 곁에 오래오래 있고자 할 뿐입니다.

그렇게 털어놓고 싶었지만 그러지 않았다.

다음날로 공사가 시작되었다. 풍수를 본다는 도사가 한 명, 도사가 데려온 일꾼이 두 명, 집에서 일하던 종이 다섯 명 붙어 후원에 못 팔 자리를 보러 다녔고 곧 삽을 꽂았다.

"아기씨, 땅 파는 것 구경하러 가요."

두화는 언제나처럼 허튼 일을 졸라댔다.

"못이 다 되거든 보러 갈 일이지 땅 파기가 무슨 구경거리라고 거길 가니?"

"제가 언제 아기씨한테 해될 것 권한 적 있나요?"

그 말이 묘하게 들려 끝까지 사양하지 못하고 두화를 따라 후원에 갔다.

구경거리는 구경거리였다. 오며 가며 보는 집안의 종복들이야 유별날 것이 없었지만 풍수꾼이 데려온 청년들이 그러했다. 웃옷을 벗어놓고 바지를 무릎 한 뼘 위까지 접어 올려 거의 벗은 것이나 마찬가지였다. 거지 떼와 어울릴 적 헐벗은 어린 아이는 얼마든지 보았지만 다 큰 남자의 맨몸을 보는 것은 처음이었다.

다른 몸이구나.

한동안 나는 장정들의 몸을 유심히 보았다. 팔과 가슴을 잇는 힘줄이 움직이는 것이나 장딴지와 허벅지가 무른 흙에 반발하며 단단하게 뭉치는 것이나 흐르는 땀과 묻은 흙과 몸에 난 털이 서로 섞이고 누웠다 서는 것 등을 샅샅이 보았다.

남자들의 몸은 저렇게 생겼구나.

그뿐이었다. 잠깐은 낯설어 호기심이 돋았고 이윽고는 어째서인지 얼굴이 화끈거렸지만, 잠자코 보자니 이내 아무렇지 않아졌다. 들고 있는 도구와 몸이 연결되어 사람 크기만 한, 사람보다 조금 큰 기구처럼 보였다. 굉음을 내고 땅을 가르는 기구. 일하는 몸.

살아 있음을, 생명의 기운을 감추지 못하는 젊은 몸.

"그렇게 재미있으세요? 아기씨."

어쩐지 두화는 너도 참 뻔하다는 얼굴을 하고 있었다.

"응, 구경 잘했네. 이제 갈까."

"뭐가 그렇게 급하세요. 참 그렇지, 일꾼들한테 먹거리라도 갖다줄까요. 고생하는데."

빤히 바라보자 두화는 황급히 덧붙였다.

"제가 주방에 다녀올게요."

그럼 나는? 제가 올 때까지 여기 서서 기다려야 하나? 황당해하는 나를 두고 두화는 부리나케 달려갔고 나는 하던 대로 계속 일꾼들을 구경할 수밖에 없었다.

어느덧 구덩이는 일꾼들의 허리 아래가 보이지 않도록 깊어졌고 풍수꾼이 데려온 장정 두 사람은 구덩이에서 파낸 흙을 큰 거적에 옮겨 붓기 시작했다. 흙이 얼마간 쌓이자 장정들은 꿇어앉아 거적 양끝에 붙은 막대를 붙들더니 일어섰다. 가마에 태운 작은 무덤 같았다. 퍼 담은 흙을 집 밖으로 내가려는 모양이었다. 두 장정은 구령을 맞추어가며 걸어와 내 앞을 지나갔다. 땀으로 미끈미끈하고 흙으로 거칠거칠한 몸 두 개가 작은 무덤을 사이에 끼고.

착각이었을까? 뒤에 선 장정과 눈이 마주쳤다고 느낀 것은.

곧 두화가 돌아왔다. 동그랗게 빚어 구운 떡이 가득 담긴 대바구니를 끼고서.

"걔들은 어딜 갔어요?"

나는 두화가 장정들을 아는 아이 부르듯 말하는 게 이상하다고 생각하면서 퍼낸 흙을 밖으로 나르더라고 말해주었다. 이윽고 장정들이 빈 거적을 들고 돌아왔고 두화는 그제야 일꾼들에게 다가갔다. 말하기도 새삼스러울 만큼 이상한 애였다.

두화가 일꾼들에게 먹거리를 가져다주고 장정들에게 말을 붙일 동안 나는 멀거니 서서 그 애를 쳐다보고만 있었다. 두화는 내 쪽을 두어 번 가리켰고, 그것이 뭐라고 지껄이는지 알 도리가 없어 애가 탔지만 함부로 가까이 갈 수가 없어서 속이 끓었다. 나와 눈이 마주친 쪽은 저 사람이었던가, 아니면 저 사람? 장정 하나는 떡을 먹으며 이따금 나를 쳐다보았고 나머지 하나는 아예 내 쪽을 보고 앉아 있었다.

두화는 빈 대바구니를 옆구리에 끼고 돌아와서는 싱글싱글 웃었다.

"아기씨, 귀 좀 빌려주세요."

주변에 아무도 없는데 누가 듣는다고 그러지? 나는 가만히 서 있었고 두화가 내 귓가에 입을 갖다 댔다. 두화가 귀에 숨을 불어넣듯 속닥거렸다.

"저이를 알아보시겠어요?"

집안사람들의 얼굴도 돌아서면 잊고 마는 내가 어찌 처음 보는 사람을 알아본단 말인가. 작게 고개를 저어 보이자 히익 히익 숨넘어가게 웃는 소리가 귓구멍에 들이꽂혔다.

"왜 몰라보세요?"

온몸의 털이 쭈뼛 일어섰다. 그제야 두화가 하려는 말이 무엇인지 알 것 같아서.

"거지 패거리 대장이었잖아요, 저이가."

죽지 않았구나.

제일 먼저 든 생각은 그거였다. 황건군을 따라 사주로 간다고 나섰던 황야에서 화살을 맞지도, 말발굽에 차이지도 않고, 길 잃고 헤매다 굶어 죽지도 않았구나. 용케도 살았구나. 운이 좋은 사람은 나만이 아니었구나.

그게 다행인지 불행인지 헷갈린다는 게 다음으로 든 생각이었다. 한때 나는 저 사람 덕에 살았다. 나를 잡아먹으려는 어른들에게서 달아났을 때 나를 거두어 그나마 살아 있게 해준 사람이 저이였다. 그런데 왜 다시 내 앞에 나타났을까? 내가 은혜를 갚지는 못했어도 원수를 진 건 아닌데. 아무리 곱씹어도 내가 대장에게 잘못한 것은 딱히 없다는 것을 되새기고 되새기면서도 불길하고 불안한 예감이 자꾸 들었다.

그건 그렇고 어른이 되었구나. 마지막으로 든 생각은 이랬다. 거지 떼에서도 이미 제일 큰 아이였으니 이제는 다 자랐다

해도 이상할 것 없기는 하지. 그렇지만 언제 시간이 이렇게 지났나.

설마 나도 어느덧 어른이 되었나? 문득 얼굴 언저리를 더듬어보며 나는 스스로에게 물었다. 어른 같은 것은 되고 싶지 않았으니까. 어른이 되면 혼사를 치러야 하고, 혼사를 치르면 아버지 곁을 떠나게 되니까.

아버지.

아버지.

차라리 안고 죽으면 죽었지 아버지께만은 도움을 구할 수 없는 비밀들로 시름하면서도 나는 자꾸 아버지라는 말을 되뇌고 있었다.

"아기씨."

어두운 허공을 하염없이 보고 있자니 두화의 목소리가 발아래에서 흘러왔다.

"주무시나요?"

"아니, 아직."

황황한 마음으로 침소로 돌아와서는 내내 두화와 말을 나누지 않았다. 묻고 싶은 것이 산더미 같았지만 그래서 도리어 무엇부터 물어야 좋을지 알 수 없었다. 두화가 한숨을 쉬는 소리가 들렸다.

"아기씨는 지금도 태평도를 믿으세요?"

지금도?

태평도 같은 것을 믿은 적은 단 한순간도 없었다. 무엇인지도 모를 것을 믿을 도리가 있는가. 성내에 그것을 믿는 집이 적지 않고 황건군이 왔을 때에 문 앞에 갑자甲子를 써 붙여 화를 피했다는 것, 우리가 살 길도 그것뿐이라고 대장이 그러기에 그렇구나 했던 것, 태평도에 대해 내가 아는 바는 그게 전부였다. 그러니까 내가 아는 한 태평도는 실체가 비어 있는 구도에 지나지 않았다.

"제가 갓난아기일 적에 많이 아팠다네요. 그래서 어머니가 오두미도에 쌀 다섯 되를 내고 기도했더니 싹 나았대요. 근데 살다 보니까 오두미도는 낡고 기운이 다해서 태평도를 따라야지 잘 산다고 하더래요."

"누가?"

"몰라요, 사람들이 그랬겠지요. 오두미도랑 태평도가 어차피 뿌리가 같다고 그러고요."

"오히려 화를 입지 않았니? 태평도를 믿어서."

두화가 벌떡 몸을 일으켰다.

"아기씨가 그렇게 말씀하시면 안 되지요."

아기씨라고는 부르면서 나에게 화가 났다는 것은 전혀 감추지를 않는구나. 아둔한 것⋯⋯.

나도 두화도 잠깐은 아무 말도 하지 않았다. 한참 뜸을 들이다 역시 두화가 먼저 입을 뗐다.

"그이가 아기씨를 뵙고 싶어 했어요."

그런 것이었다. 후원에 못을 파라고 종용한 것은 어떻게든 대장을 집 안으로 끌어들여 나와 마주치게 하려는 수작이었나. 아둔하다는 평가는 거두어야겠다. 수완이 영 없지는 않구나.

"그이는 잠시만이라도 만나서 이야기를 나누게 해달랬는데, 아기씨가 싫다시면 제가 말을 전할게요."

내가 언제 싫다고 했지. 두화가 내 의중을 넘겨짚으려는 것이 우습고 같잖았다. 아니, 읽으려는 뜻이나 있었을까. 생각건대 내 속을 떠본 것이 아니라 제 뜻을 넌지시 밝힌 것이었으리라.

왜인지는 모르겠지만 너는 내가 대장과 만나지 않기를 바라는구나. 어떻게 할까. 나는 잠시 고민하는 체했다. 그렇다면 만나야지. 내가 정말 멍청해서 제 꼭두각시놀음을 자처한 것은 아니라는 것을 알려줘야지.

"집안사람들 모르게 만나서 이야기할 수 있을까?"

내 말에 두화는 또다시 한숨을 푹 내쉬었다. 그러는 그 애의 표정이 궁금하기도 했지만 굳이 보지 않아도 훤히 알 만했다.

다음날 밤은 달도 없이 어두웠다. 두화는 낮에 못 파는 데에 가서 한참 작당을 하는 듯하더니 늦은 밤 나를 침소 밖으로 끌고 나왔다. 대장은 이상한 곳에서 나와 두화를 기다리고 있었다. 아직 못이 되지 못했지만 꽤 깊고 넓어진 구덩이 속에서. 마치 파놓은 못자리 같은 곳에서.

"나를 알아보겠느냐?"

대장이 낮은 목소리로 물었다. 어른스럽게 달라진 목소리여서 묘하기는 했지만 익숙하기도 했다. 그렇지만 알아보겠느냐니, 농담이겠지. 사람의 얼굴을 잘 알아보지 못하는 내 별난 구석도 그러하려니와 이렇게 어두운 밤에 구덩이 속에서 그런 말을 하다니.

"어떻게 여기에 들어왔어?"

내가 묻자 대장은 별것 아니라는 투로 답했다.

"저녁 먹을 시간이 되어 작업을 파할 때에 측간 좀 씁시다 하고서는, 돌아와서 거적을 덮고 기다렸다."

하기사 흙바닥에 뒹구는 거야 우리에게는 예사로운 일이었으니까. 두화가 끼어들었다.

"나한테 고맙단 말은 않는 거야?"

"뭐라고?"

"나한테 고마워해야지. 태평도 금하는 집에 들어와 아기씨를 찾아서 너한테 말해준 것도 나고, 너하고 아기씨를 다시 만나게 해준 것도 나잖아."

"아기씨라니."

대장이 침을 탁 뱉었다.

"귀하신 몸이 되었구나. 그래, 고맙다, 두화야."

"진작에 그랬어야지."

둘이서 주고받는 말을 보니 상당히 친밀한 사이인 듯했다.

어쩐지 내가 구경꾼이 된 듯한 기분도 들고 달리 할 말도 떠오르지 않아 궁금하던 것을 곧이곧대로 물었다.

"왜 나를 찾았어?"

대장은 한참 말이 없었다. 말문이 막혔나. 찾는 데에 이유가 없었나. 내 말이 책망으로 들렸나.

"내가……."

그러고는 또 한참.

"나는……."

다시 또 한 세월. 이러다 날이 새겠다. 초조해질 무렵에야 대장은 겨우 온전한 말 한마디를 내뱉었다.

"내가 너를 구해주겠다."

뭐?

나는 터져 나가려는 웃음을 들이마셨다. 더욱 우습게도 대장은 내가 울려는 걸로 생각한 듯했다. 소매 끝으로 입을 가리고 흡, 소리를 냈으니 대장만 멍청하달 수도 없는 노릇이었다. 대장은 변명하듯 말을 이었다.

"내가 안다. 너는 이런 집안에 갇혀서 늙은이의 인형 노릇이나 할 사람이 아니다."

미쳤구나.

내가 이 집에서 얼마나 호사를 누리고 있는데. 웃음을 꾹 눌러 참느라 정말이지 눈물이 날 지경이었다.

"그럼 나는 어떤 사람인데?"

"너는……."

대장은 또 한참을 망설이다 말했다.

"……내 곁에 있어야 하는 사람이다."

너무 우스워서 웃음을 참다 얼이 빠져버릴 것 같았다.

네가 어쩔 건데? 온 예주의 백성과 군사를 다스리는 우리 아버지로부터 나를 어떻게 구하겠다는 건데. 몇 해간 네가 내게 해준 것을 다 합쳐도 아버지와 처음 만난 날 대접받은 것에는 미치지 못하는데 누가 누구로부터 누굴 구한다는 거야? 서로 떨어져 죽었는지 살았는지도 모르고 지낸 세월은 또 얼마인데 갑자기 이제 와서?

대장, 바보가 되었구나. 그렇게 똑똑하던 사람이 이제는 영 못쓰게 되었어.

너 지금 쟤가 뭐라는지 들었니, 그런 심산으로 나는 두화를 바라보았다. 우스개도 이런 우스개가 없겠다고 생각했으니까. 바로 곁에 서 있는 사람의 얼굴조차 희미할 만큼이나 어두운 밤이었으나, 두화의 낯에 드리운 기색은 이 밤의 어둠과는 전혀 관계없는 것임을 나는 알아차렸다. 생각한 바와 느끼는 바를 얼굴에서 조금도 숨기지 못하는 두화는 그 어느 때보다도 모멸을 당한 표정을 하고 있었다.

두화가 대장을 좋아하는구나.

그 사실을 알아차리자 온몸의 말단이 짜릿할 만큼 재미있어졌다.

"아기씨, 이제 들어가요. 이러다 누구 눈에라도 띄면 큰 사달이 나지 않겠어요?"

두화는 시치미를 떼고 딴소리를 했다. 뭐라 더 말하려는 듯하던 대장은 그예 입을 다물었다.

들키면 큰일이라는 말은 합당한 경고가 아니라 협박처럼 들렸다. 자기가 이 모든 상황을 지켜보았으니, 마음만 먹으면 누구에게든 고해바칠 수 있다는 말. 물론 두화는 그럴 수 없을 것이다. 집안에 내 정체를 알리면 내게도 그것은 큰일이겠지만, 그러느라 집안에 웬 잡놈을 끌어들인 두화도 무사할 수 없을 터.

하여 두화의 말이 밑도 끝도 없는 큰소리인 것을 알면서도 나는 순순히 두화를 따라 발을 옮겼다. 멍청한 대장과는 더 나눌 말이 없는 것도 까닭이었다.

"몇 해 전에 황건당이 예주에 왔다가 큰 난리가 났던 것을 기억하시지요?"

침소에 들자 두화는 묻지도 않은 이야기를 지껄이기 시작했다. 기억하다마다. 그 난리가 아니었더라면 아버지를 만날 일도 없었으리라.

"그때 황건당을 따라나섰던 이들도 난리에 휘말려 거개가 죽고 다치고……. 그래, 아기씨 말씀도 옳지요. 태평도 믿은 사람들이 태평도 때문에 화를 입은 셈이 되지 않았겠어요."

나는 대답하지 않고 자리에 누웠다. 내 침상을 다듬어 펴야 마땅한 두화가 제 일을 할 기미를 도통 보이지 않았기 때문에.

"저희 집은 앓아누운 노인네가 있어서 따라가지 못했어요. 목숨을 건져 예주로 돌아온 사람들은, 저희 집처럼 태평도를 따르지만 예주에 남아 있던 사람들이 거두어 살렸지요."

서로 역적 잔당을 숨겨주며 쉬쉬했다는 이야기로군. 저 애는 지금 제가 떠드는 말의 의미를 모르는 걸까? 내 생각을 알리 없는 두화는 계속 지껄였다.

"저희 집은 이미 환자가 있어 사람을 받을 형편이 못 된다고 하는데도 크게 다치지 않은 사람, 오히려 집안에 일손을 보태 줄 수도 있는 사람이 있다잖아요. 받았더니 글쎄 제 또래나 되었을까 싶은 사내애지 뭐예요. 그게 그이였습니다."

그것은 다행이다. 크게 다치지도 않았었다니. 이제 와서는 별로 중할 것도 없는 이야기지만. 나는 이불로 입을 가리고 크게 하품을 했다.

"난리통에 무슨 일을 겪었기에 영락없는 거지꼴이람, 했는데 잘 보니 진짜 거지라 얼마나 우스워요. 그것도 저희 집에서 몇 번이고 적선을 했던 거지 말예요. 처음에야 속았다 싶었지만 태평의 도를 믿는 사람끼리 더 잘나고 더 못나고를 따져서야 되겠어요? 말끔하게 씻기고 옷을 갈아입혀놓으니 생김새 멀쩡하기도 하고……."

두화는 제 이야기에 도취되어 킥킥대며 웃기까지 했다. 웃

는 것은 저 혼자뿐이라는 사실을 두화는 조금 늦게서야 알아
차린 모양이었다.

"아기씨, 주부십니까?"

나는 대답하지 않았다.

따지고 보면 대장도 나와 같은 일을 겪었다는 이야기였다.
난리통에 운 좋게 목숨을 건졌고, 보다 형편이 나은 이로부터
도움을 받아 지금까지 먹고살았다는 것. 다른 바가 있다면 나
를 거둔 이는 고관대작이었는데, 대장은 딸을 남의 집 시비로
보내야 할 만큼 살림이 빤한 집구석에 기어들어갔다는 것.

제 이야기를 들어주지 않는다 여기자 두화는 금세 잠들어
버렸다. 자면서 그 애가 폭폭 내뱉는 숨소리를 들으며 나는 오
랫동안 깨어 있었다.

못을 만드는 공사는 태연하게 이어졌다. 물을 채웠을 때 그
물이 흙으로 다 새지 않게 단단히 지반을 다지고 돌도 깔아야
해서 원하는 크기보다 훨씬 깊고 넓게 파야 하는 데다, 물이 썩
지 않게 우물 물길과 잇기도 해야 하므로 금세 끝나지 않을 거
라 했다. 어느새 밖에서 데려온 젊은 일꾼의 머릿수가 두엇 더
늘었다.

아버지와 집사는 못마땅한 눈치였다. 처음에는 사흘이랬다
닷새로 말을 바꾸더니 보름이니 달포니 시일도 늘리고 일꾼도
더 들였으니. 이미 깊이 파놓은 구덩이를 도로 메우랄 수도 없

어서, 나를 가르칠 때에도 집사는 후원 쪽을 내다보며 한숨을 내쉬곤 했다. 물론 아버지와 집사가 못마땅해한 쪽은 못을 파러 온 일꾼들이지만 죄스러운 마음은 내가 품어야 했다. 그게 다 나 때문, 후원에서 물 구경을 하고 싶다던 내 말 한마디 때문이었으니까. 하여 은밀하게는, 그마저도 좋았다. 죄스러워하는 한편 남몰래 기뻐도 했다. 내 말 한마디면 그런 큰 사치도 두말 않고 저질러주는 분이 나의 아버지라서. 나 때문이 분명한 손해에도 아버지가 나를 미워하지 않으셔서.

두화는 자꾸 일꾼들 구경을 가자고 졸랐다. 다음날도, 그다음 날도. 나는 두화가 구경을 가자면 가고 이만 들어가자면 들어갔다. 이래서야 누가 윗전이고 누가 몸종인지 모를 노릇이라 여기면서도 순순히.

젊다 못해 어린 여인 둘이서 멀찍이 알짱거리며 저희를 구경하는 걸 알아차리자 일하러 온 장정들은 이쪽에 대고 새롱거리곤 했는데 대장만은 그런 짓거리를 일절 하지 않았다. 실상 그래서 대장이 대장인 것을 알아볼 수 있었다. 비슷비슷한 또래의 남자들 사이에서 대장을 구별해내는 방법은 웃지 않는 이를 찾는 것뿐이었다.

잘됐다, 대장. 빌어먹고 살려면 웃고 싶지 않을 때에도 웃어야 한다더니, 이제는 웃고 싶지 않을 때 웃지 않는 게 당연한 사람이 되었구나. 어른이 되어서 그러니, 이제 거지가 아니어서 그러니. 혹시 웃고 싶은데 웃음을 참고 있는 것은 아니겠지. 하긴 우스운 일이 무엇이겠어. 나는 바로 곁에서 실실 웃고 연신 손을 흔드는 두화를 보면서 생각했다.

"아기씨라면, 저이가 혼사를 청하면 좋다 히시겠어요?"

웃으며 손을 흔들던 두화가 내게 고개를 돌리지도 않고 말했다.

"너한테 혼인하자 하던?"

"아기씨라면 그러시겠냐고요."

그제야 정색을 하고 나를 보며 두화가 재차 물었다.

"아니."

"역시 그렇지요?"

두화의 얼굴에 다시 웃음기가 돌았다.

"분수를 몰라도 한참을 모른다니까요."

대장이 나를 넘보는 게 분수에 맞지 않는 일인가? 본데없이 길거리에서 빌어먹으며 살던 이여서, 자사 나으리의 여식인 나와는 상대가 될 리 없단 말인가.

대장과 혼인할 마음이 전혀 없는 것과는 별개로 두화의 말이 틀렸다고 나는 생각했다. 두화도 실은 제가 저 좋을 대로만 생각하고 있음을 알 것이다. 나야말로 거지였다는 것을 두화가 잊었을 리 없으니까. 대장의 뒤를 따르던, 더 약하고 보잘것없는 거지였다는 것을.

그렇게 앞뒤가 맞지 않는 소리까지 하며 나와 대장의 격을 나눈 까닭은 분명 저야말로 대장과 어울리는 여인이라 말하고 싶어서였을 것이다.

다시 보름가량이 지나 달이 다 찼다 기울 무렵에 대장이 또한 번 두화를 통해 기별을 보내왔다.

"나는 나가지 않겠다."

"왜요, 아기씨?"

두화가 물었다. 내가 대장과 만나지 않는 것이 좋아 죽으려는 얼굴을 하고서는.

"오늘 밤은 달도 밝고 못 바닥에 옥돌을 죄 깔아두어 환할 것이다. 멀리서도 누가 누구와 무엇을 하는지 어렵잖게 알아볼 수 있을 거야."

"그렇겠지요?"

"그도 그러하려니와, 앞으로도 사사로이 말을 섞을 일이 없었으면 좋겠구나."

"그러면요, 아기씨?"

"네가 잘 타일러 돌려보내렴."

인적이 끊어졌을 무렵 후원으로 혼자 나갔던 두화는 새벽녘에 실실 웃으며 돌아오더니 내 손에 뭔가를 쥐여주었다. 길게 쪼갠 대나무 편이었다. 죽간에서 떼어낸 조각 같았다.

"그이가 정말이지 보통 사람은 아니더라고요. 글쎄 아기씨가 안 나오실 것을 미리 알고 이런 것을 마련해왔지 뭐예요."

"읽어보았니?"

"글을 알면 읽어보았으련만요."

대나무 조각에 새겨진 작은 글씨는 아흐레쯤 뒤를 가리키는 숫자와 짧은 글귀로 이루어져 있었다.

"뭐라 다른 말은 없었니?"

대장이 나를 직접 만나지 않고 두화를 통해 중요한 이야기를 전할 리 없거니와, 그런 이야기를 들었어도 두화가 내게 곧이곧대로 말해줄 리 없다 생각하면서도 나는 물었다.

"그리도 궁금하시면 아기씨가 직접 나와보시지 그러셨어요?"

그러면 그렇지.

"됐다. 수고했어. 자리에나 들자꾸나."

내 말이 끝나기도 전에 두화는 제 침상에 발랑 드러누워 있었다.

"에유, 이제 더러운 노릇도 끝이다, 끝."

나 역시 저 애를 아둔하다 여기기는 하지만, 저 애는 또 얼마나 나를 바보로 알기에 저런 소리를 나 들으란 듯 하는 걸까. 나도 거지 패거리에 섞여 밥 빌어먹으며 살던 사람이어서 눈치라면 누구 못지않게 빠른데.

대장이 두화를 통해 내게 보낸 대나무 조각에는 일자와 함께 '면사지편兔死之片'이라는 말이 쓰여 있었다.

죽음을 면하게 해주는 조각, 지니고 있으면 죽음을 당하지 않는 조각. 바꾸어 말하면 이 조각을 지니지 못한 자는 죽음을 당한다는 말. 단순히 나를 데리고 달아나는 것만이 대장의 생각은 아닌 듯했고, 따라서 이제 더러운 노릇도 끝이라는 두화의 말 또한 흘려들을 수 없었다.

　마음이 어지러워 뜬눈으로 밤을 지샜다,고 생각했으나, 잠깐 눈을 붙였다 뜬 사이 방 밖에서 나를 찾는 소리가 들려왔다. 일어나 발치를 살펴보니 두화가 없었다. 부르는 소리는 익숙한 사내의 것이었다.

　"아기씨, 주인어른께서 급히 찾으십니다."

　집사였다. 나는 서둘러 머리를 매만지며 침상을 나섰다. 조반조차 나와 함께하시지 못하는 아버지께서 아침부터 나를 찾는 것은 보통 일의 조짐이 아니었다. 서두르다 보니 나를 보는 집사의 눈길이 평소와는 다르다는 것도 아버지 침소에 들기 전까지는 알아차리지 못했다. 문턱을 넘을 즈음에야 집사가 나를 위아래로 유심히 보고 있었다는 것, 그것은 그가 내게 한 번도 보인 적 없는 불손한 태도라는 것을 의식했으나, 아버지를 뵙는 것이 먼저여서 따질 틈이 없었다.

　"가까이 와 고개를 들거라."

　들어서자마자 손을 모으고 머리를 조아린 나에게 아버지는 말씀하셨다. 분부하신 대로 몇 걸음 앞으로 가 고개를 들자, 그 어느 때에도 내겐 보이신 바 없는 노기탱천한 아버지의 얼굴이 보였다.

아아, 저것이 아버지가 전장에서 짓고 계신 표정이겠구나.

아버지는 문관이지만 장수이시기도 하다는 것을 나는 한참 잊고 지냈다. 그전에는 자주 궁금해했었다. 한없이 부드럽고 점잖으시며 다정하신 나의 아버지, 화 같은 것은 평생 한 번도 내본 적 없을 듯한 인자한 나의 아버지가 도대체 어떻게 적들을 섬멸하시는지. 이렇겠구나, 아버지는 전장에서 이런 표정을 지으시겠구나. 그것을 깨달아 기쁘면서도 슬펐다. 지금 아버지께서는 적들을 벨 때의 모습으로 날 대하고 계시구나.

하여 직감할 수 있었다. 기어이 두화 그 계집이 아버지에게 모든 것을 고해바치고 말았다는 것을.

초선

아무리 으리으리한 집이라도 죄인을 가둘 옥 같은 것은 따로 없었기에 나는 곳간에 갇혔다. 민가에서 사람을 가두기에 이만한 장소는 찾기 어려우리라. 단순하지만 넙적하고 튼튼한 널판 빗장이 밖으로 걸려 있어 안에서는 장정 몇이 함께 용을 써도 밀어 열 수 없는지라.

문틈으로 새어 들어오는 빛으로 날이 저물어가는 것과 밤이 되었다는 것을 알 수 있었다. 낮에는 종복들이며 우마가 오가는 소리, 이따금은 한술 더 떠 나를 겁주려는 듯 곳간 문을 발로 차는 소리 따위를 들으며 지루함과 적적함을 달랠 수 있었으나 밤이 되자 바람 소리 쥐 달리는 소리 밤에 우는 새 소리가 겁나 잠을 이룰 수 없었다. 노숙이나 마찬가지였으되 노숙을 하루 이틀 해본 것은 아니었는데도 새삼스럽게 무섭고 고되었다.

하루는 꼬박 굶었다. 예전 같으면 예삿일로 여겼으련만 그간의 호사에 흠뻑 몸이 익어 그것조차 힘이 들었다. 어지러워

눈앞이 빙빙 돈다 싶을 즈음, 미음인지 쇠여물인지 헷갈리는 뜨겁고 묽은 음식이 들어왔다. 접시처럼 납작한 그릇에 담아 곳간 문을 열지도 않고 문 밑으로 난 틈, 어른 남자의 주먹 하나가 들락거릴 만한 틈을 통해 내민 것이었다. 허겁지겁 먹고 밖으로 내밀자 곧 같은 그릇에 물이 담겨 들어왔다. 그것도 홀랑 마신 다음, 그릇을 받으려고 밖에서 들이민 손을 덥석 잡았다.

"변소에 가고 싶다."

"안에서 눠."

밖에 있던 이는 내 손아귀에서 빠져나가려 용을 쓰며 쥐어짜내는 듯한 소리로 말했다. 나는 잘 먹지 못해 힘없는 여인이고 문 너머의 상대는 집의 대소사를 돌보는 힘센 남정네일 터였지만 그의 절박함보다는 나의 그것이 훨씬 더 컸다. 그래서 그의 손목을 양손으로 붙들고 놓치지 않을 수 있었다.

"곡식을 두는 곳에서 일을 어찌 보겠어. 사람의 변으로 오염된 곡식을 먹으면 병이 든단 말이다. 아버지가 내 똥오줌 때문에 병환이라도 얻으시면 어쩌려고."

아버지란다, 참 내.

밖에서 비웃는 소리가 똑똑히 들렸지만 나는 동요하지 않았다. 손목을 놓아주자 이윽고 밥과 물을 담아주던 그릇보다는 좀 더 크지만 역시나 납작한 쟁반 같은 것이 문 밑으로 들어왔다.

"재주껏 싸보시든가."

참자.

내가 죄인이니, 아버지께 거짓을 고했으니 이 정도는 참아 야 해.

나는 소매 속에 지니고 있던 대나무 조각을 꺼내 손에 쥐었 다. 그것으로는 땅을 파거나 곳간 벽을 긁어 빠져나가는 일 따 위는 꿈도 꾸지 못한다는 것을 알면서도 그랬다. 지니고 있는 물건이 그것뿐이기도 했거니와 그 물건이 뜻하는 바를 잊을 수 없었기에 자꾸 들여다보게 되었다. 이제 이레가량이 남았 을까, 면사지편에 새겨진 일자는.

물과 식사는 하루에 한 번씩 들어왔다. 밤마다 날랜 발소리 로 나를 소스라치게 하던 쥐 떼는 이제 내가 저들보다 조금 큰 짐승, 이상하게 생긴 쥐의 하나쯤으로 여기는지 낮에도 종종 모습을 드러냈다. 어쩌면 저희들보다 힘이 떨어질 때를 기다 리는 것일지도.

나흘.

사흘.

이틀.

나는 문틈으로 새어 들어오는 빛 가운데에 면사지편을 휘 두르며 날을 헤아렸다.

마침내는 오늘.

그 어느 때보다도 머리가 맑았다. 해가 저문 뒤에도 잠이 오지 않았다. 곳간 창으로 간신히 보이는 달은 허리가 가늘어 밝지 못했고, 별다른 일이 일어나려는 기미가 없다, 생각할 즈음 짧은 소란이 문밖에서 일어난 듯했다. 곳간 문이 열린 것은 조용해지고도 조금은 지나서의 일이었다.

거기에 아버지가 계셨다.

"네 몸종이 이르기를 네가 나를 기망하려 신분을 속였다 하더구나."

그 지엄한 얼굴로 아버지가 하신 말씀은 그러했다. 짐작대로였다. 두화가 끝내 나의 정체를 아버지께 고해바친 것이었다.

"아직 나는 어린 여종 따위보다는 네 말을 더 믿는다. 사실이냐? 네 입으로 말해보거라."

"황송하여이다."

"바른대로 말하란 말이다. 아직도 네 출신이 기억나지 않느냐?"

밤사이 나는, 두화가 날 밝기 무섭게 아버지를 찾아가리라는 것을 빼놓고는 이런저런 생각을 이미 정리해놓은 참이었지만, 꾸짖는 듯한 아버지의 말씀에 잠시 말문이 막혔다.

그것이 그리 중합니까?

그간 아버지께서 저를 귀애하셨던 세월이며 제가 아버지를 혈육보다도 따랐던 시간보다 저의 진짜 신분이 더 중합니까? 아직은 저를 믿는다는 말씀은 제가 꾸며낸 신분을 믿는다는 말씀입니까? 제가 그간 아버지께 보인 진솔하고 성실한 딸로서의 태도가 아니라?

"기억나지 않습니다."

"그럼 나는 이제 너를 어찌 믿어야 하겠느냐?"

"제가 한때 거지꼴을 하고 산 것은 사실입니다. 고사에 이르기를 한신도 한때 시정잡배로 세월을 허송하였고 근래에도, 저 이름난 원씨 가문에 천출 얼자로 어린 시절을 불우하게 보낸 분이 있다 하지 않습니까."

아버지는 헛웃음을 터뜨리셨다. 외마디로 튀어나온 웃음소리가 온 방 안을 울렸다.

"네 어찌 너를 그들에 빗대느냐."

"제가 그들 같은 인물이란 말이 아니오이다. 한때 거지 패거리와 어울린 것은 참이로되 그 이전은 기억하지 못하며 증명할 수 없다는 말씀이옵니다. 아버지께서 믿어주시지 않으면 제가 살길이 없나이다."

"그저 믿어야 한다?"

나는 다시 고개를 조아렸다. 아버지는 말씀이 없으셨다. 수염을 쓰다듬고 계시겠지. 분을 다스리고 다시 나를 보시려 하는 것이겠지. 이상할 만큼이나 마음은 차갑게 가라앉아 있었으나 그와는 따로, 어쩐지 자꾸 눈물이 나려 했다. 눈물을 참으려 입술을 깨물며 나는 아버지의 처분을 기다렸다.

"너를 믿는다."

아버지께서 한참 만에 말씀하셨다. 기쁘고 기꺼운 말씀이었으나 마냥 그렇지만은 않았다. 나는 아버지가 거짓말을 하고 계시다는 것을 알아차렸다. 아버지의 목소리가 떨리고 있었기에. 아버지가 먼저 내게 속아주셨으니 나 역시 한 번은 아버지께 속아드려야 마땅하련만, 나는 그럴 수 있을 만큼 어질거나 아둔하지가 못했다.

"하오면 아버지, 이것을 보소서."

나는 소매에서 대나무 조각을 꺼내 아버지께 내밀었다.

"무엇이냐."

"저의 몸종이 지니고 있던 것입니다."

"면사지편이라……?"

내가 거짓말쟁이가 아니라고 고하려면, 나를 거짓말쟁이로 몰아간 계집이야말로 거짓말쟁이라 주장해야 했다.

"송구하여이다. 평소 제 몸종의 언행으로 미루어 태평의 도를 따르는 계집임을 짐작하였사오나 미리 아버지께 간하지 못한 죄가 크옵니다. 저를 죽여주시옵소서."

"네 지금 태평도라 했느냐? 태평도라면 황건적이 일으킨 요사스러운 사상임을 모르느냐?"

"여종의 처지가 딱하고, 배운 바가 적은 아이여서 문제 될 것 없을 줄로 착각하였습니다."

"그 아이가 황건적 따르는 것과 널 모함한 것은 무슨 상관이냐? 이 물건은 또 무엇이고."

"아버지께서 자사로 오시지 않았더라면 예주성은 황건당, 아니 황건적의 수중에 넘어가고 말았을 것입니다. 하나 이제는 도리어 천하 어느 곳보다도 태평도의 세가 약한 땅이 되었지요. 즉 아버지는 천하 영웅이시지만 황건의 무리에게는 불구대천의 원수이실 터. 아버지를 노리는 황건 잔당이 집을 습격하려는 차에, 태평의 도를 믿는 제 몸종만은 살리려고 미리 그런 물건을 건네둔 것이 아닌가 하옵니다."

말하는 동안 나는 아버지의 얼굴에 어려 있던 노기가 차츰 누그러져가는 것을 보았다. 아버지가 내 말을 믿기 시작한 것이었다. 밤새 궁리한 보람이 충분했다. 두화가 먼저 아버지를 뵙지 않았다면 드리려던 말씀이 바로 이것이었고, 두화가 먼저 고했기에 나 스스로도 내가 하고 있는 거짓말을 흠뻑 믿을 수 있었다. 애초 면사지편을 지니고 있던 게 내가 아니고 두화라는 것 말고는 거짓이랄 수도 없는 이야기였기에.

"계속 말해보아라."

"둔한 제 머리로나마 짐작건대, 죽편에 새겨진 일자에 이 집에 태평의 무리가 들이닥칠 것입니다."

"예주의 온 군영을 통솔하는 자사의 집에 그런 잡배들이 감히 어찌 침입한단 말이냐?"

"어디까지나 저의 생각이오마는 못 자리를 보러 왔다던 도사가 수상하고, 도사가 데리고 온 일꾼들이 수상합니다."

마침 밖에서 데려온 일꾼들을 못마땅하게 여기던 아버지였기에 내 말을 더욱 귀 기울여 듣는 듯했다.

"일리가 있구나. 이 물건은 어떻게 빼앗았느냐?"

"제 몸종이 글을 몰라 뜻을 제게 물었습니다. 예사로운 물건처럼 보이지 않아 아무렇게나 일러주고 제가 대신 보관하겠다 했습니다."

"잘했다. 보기보다 수완이 있구나."

칭찬을 하신 뒤에 아버지는 잠시 뜸을 들이고 다시 물으셨다.

"그러면 어찌하는 것이 좋겠느냐? 이 일로 너를 심히 문책할 뻔하였으니 네 뜻대로 해주마. 네 몸종을 내쫓으랴? 요사스러운 믿음을 끌어들여 감히 자사 집안을 어지럽게 한 죄까지 물어 극형에 처하랴?"

"저를 가두소서."

"뭐라?"

"저를 모함하여 집안의 이목을 제 쪽으로 모아두고 아버지를 습격하는 것이 애초의 계획이었을 것입니다. 제가 마땅한 벌을 받는 듯이 보이지 않으면 죽편에 적어둔 일자대로 움직이지 않을 공산이 큽니다. 하여 제게 벌 내리는 시늉을 하시고 은밀히 군사를 모아 죽편이 가리키는 일자에 태평의 무리를 일거에 때려잡으소서."

"하지만……."

아버지는 망설이셨다. 어질게도 나를 위해 망설여주셨다.

"네 말대로 하는 것은 군사적으로 모범된 작전이다. 그러나 그러려면 네가 고초를 겪어야 하지 않니."

"아버지……."

나는 아버지 앞에 무릎을 꿇고 고개를 더욱 조아렸다.

"아버지께 도움이 될 수 있다면 소녀는 어떤 고초든 달게 겪을 수 있나이다."

이것이야말로 내 속에서 나온 뜻 중 가장 참된 것이었다.

두화와 대장이 남긴 단서를 짜맞추어 만든 내 이야기를 나는 다 믿지 않았다. 앞뒤가 맞는 이야기인 한편, 빠져나갈 구멍이 많아 내게 유리하다고만 여겼다. 나를 데리고 간답시고 대장이 올 것만은 확실했고, 딱 한 사람 대장만 잡혀도 아버지는 내 말이 옳았다 생각하실 테니까.

곳간 문이 열리고 펼쳐진 광경은 기대 이상이었다. 아버지를 보고 반가워 벌떡 일어났고, 갑자기 일어나는 바람에 현기증을 느껴 제대로 보지 못했는데, 눈을 씻고 다시 보니 아버지는 오른손에 누군가의 머리채를 쥐고 계셨다. 아버지에게 머리채를 잡힌 사내는 무릎으로 땅을 디딘 채 간신히 몸을 가누고 있었다. 눈이 퉁퉁 붓고 입에서 피가 뚝뚝 떨어지는 것이 심하게 맞아 이빨이 여러 개 부러진 모양이었다.

아버지 등 뒤로는 횃불과 칼을 든 군사들이 도열해 있었고 그 가운데로 인영이 장작처럼 쌓여 있었다. 실로 꽤 많은 인원이 이 집을 급습하려 한 모양이었다. 나는 내가 아비지에게 과장된 이야기를 들려드린 줄 알았는데, 실은 그것이야말로 착각이었겠다는 생각이 뒤늦게 들었다. 애초 그들의 목표는 자사 왕윤의 목이었고, 그의 양녀를 납치하는 것은 무리 중 하나, 내가 아는 대장만의 사적인 목표였던 거다.

아버지는 사내의 머리채를 놓고 말씀하셨다.

"얼마나 고생이 많았느냐."

아버지의 목소리를 오랜만에 듣자 눈물이 터질 것 같았다. 내게는 아버지의 빈손이 나를 향해 펼쳐져 있는 듯이 보였고, 그래서 달려가 안기고 싶었지만, 공손히 손을 모아 예를 갖추었다. 그래야 아버지도 기뻐하실 테니까.

"소녀를 잊지 않으심에 황송할 따름입니다."

내 말에 화답하듯 땅에 쓰러진 이의 신음 소리가 끼어들었다. 신음하는 목소리가 귀에 익어 아, 대장인가 싶었지만 그것도 곧 아버지의 부드러운 음성에 묻혀 지워졌다.

"이제 들어가자."

"예, 아버지."

침소로 돌아가며 군사들의 앞을 지나다가 두화를 보았다. 한밤, 군사들이 도열하고 역적의 시체가 쌓여 있는 마당에 여인이라곤 나와 그 애밖에 없었기에 알아볼 수 있었다. 두화는 등 뒤로 손이 묶인 채 꿇은 무릎으로 내게 다가오며 아기씨, 아기씨 하고 불렀다. 그 애가 안됐다는 생각 같은 건 하나도 들지 않았다.

뜻밖에도 많은 것이 내 말대로였다. 이를테면 못을 파러 왔던 일꾼들이 태평의 무리와 관계가 있으리라는 말 같은 것이 놀랍게도 들어맞았다. 아버지는 나를 가둔 이후에도 일부러 못 파는 공사를 중단하지 않고 일꾼들을 지켜보았다고 했다. 때때로 두화가 그들에게 다가가 말 나누는 것이 집안 종복들에게 목격되었는데, 그 전 같았으면 한창때인 처녀총각이 서로 새롱거리는 것으로만 여겨졌을 일이 내가 갇힌 이후로는 수상쩍은 작당으로 파악되었다.

거사 일에 맞아 죽은 이들은 죽은 뒤에 목이 베이었고 살아서 옥에 갇힌 몇 안 되는 자들도 목 내놓을 날을 받았다. 태평도를 믿으면 황건적이고, 황건적은 무조건 역적으로 취급되어 곧장 목을 베어도 무방했기 때문에. 두화만은 한동안 그대로 집에 있었다. 당일에 무장하지 않고 있었기에 죄를 물으려면 태평도를 믿는다는 것, 자사의 집에 침입한 황건적 잔당과 모의한 바가 있다는 것을 입증해야 했다. 두화는 내가 있던 곳간에 갇혔고 내가 갇혔을 때와 같은 취급을 받으며 지냈다.

며칠을 버티던 두화가 나를 찾는다는 말을 들었다. 나는 종복들을 시켜 두화를 묶은 후에 그 애와 독대했다.

"아기씨……."

마음껏 먹지도 마시지도 못한 채 쥐에게 살점을 물어뜯길 걱정에 며칠 밤을 지새웠을 두화는 귀신 같은 몰골을 하고 있었다. 내가 이랬을까. 이랬던 나를 아버지는 아무렇지 않게 다시 집 안으로 데리고 가주신 걸까. 눈앞의 두화가 아니라 출타하신 아버지를 나는 생각했다. 마음이 쓰라렸다.

이 사이로 바람 새는 듯한 소리로 나를 부르며 두화는 내 앞에 엎드려 내 발에 머리를 비벼댔다.

"자비를 베푸세요, 아기씨. 저를 좋아하셨잖아요. 제가 밤낮으로 지껄이는 소리가 물소리와 같아 저를 좋아한다 하셨잖아요. 저는 태평도 같은 것과 아무 연이 없다고 주인어른께 한마디만 하세요. 한마디만 하시면 제가 살아요."

말문이 막혔다. 그 애가 하는 말 한 마디 한 마디가 모조리 잘못되어 있어서, 어디서부터 틀렸다 해야 좋을지 알 길이 없었다. 나는 발을 조금씩 뒤로 물렸지만 두화는 계속 머리를 들이밀며 내 발을 따라왔다.

"하지만 두화야……."

"예, 아기씨……."

"태평도를 믿어야 잘 산다고 한 건 너였고, 태평도를 따라서 화를 입지 않았느냐고 내가 묻지 않았어?"

끔찍한 아양을 떨던 두화는 정수리 비비기를 멈추더니 곧 무슨 기운이 났는지 몸을 똑바로 세웠다.

"이 개 같은 것."

갑자기 표독스러운 표정을 짓고 욕지거리를 내뱉는 그 애를 나는 그냥 내려다보았다.

"벌레 같은 것, 거지 같은 것, 아니 정말 거지였지. 아비 좀 잘 만났기로 사람을 똥에 섞인 겨 껍질 같은 것으로나 보는 망할 것."

분해서인지 아파서인지, 두화는 몸을 벌벌 떨면서도 계속 지껄였다.

"네 이 거지 년아. 너는 지아비를 둘이나, 아니 셋이나 섬기는 천하의 음녀가 될 것이다. 퉤."

거지였던 것도 사실이거니와 그 거지였던 시절에 그보다 심한 욕을 얼마든지 들어보았기 때문에 아무렇지 않았다. 오히려 조금 재미있었다. 그건 욕이라기보다 저주에 가까웠기 때문에. 저주는 장차 이러이러하게 되어라,라는 말이어서 그런지 거지일 적에는 별로 들어본 적 없었다. 이미 밑바닥 중 밑바닥에 있었기 때문일까. 그보다 더 나쁘거나 딱한 처지는 도무지 될 수 없어서. 기껏해야 굶어 죽어라, 빌어먹다 뒈져라처럼 어떻게 죽으라는 말 정도가 들어본 저주의 전부였다.

퉤 소리도 요란하기만 했지 침이 튀지 않았다. 입이 완전히 말라 있을 텐데 침 같은 걸 뱉을 수 있을 리가.

"네가 직접 태평도를 믿는다 말하지 않아도 결국은 다른 이들이 증언하게 될 거야."

나는 두화가 머리를 비벼댄 발끝을 내려다보며 무심히 말했다.

"그러면 이렇게 갇혀서 굶는 시간만 늘고 아무 좋을 것 없겠지. 지금 태평도를 믿는다 말하면……."

두화가 무엇을 좋아했더라, 기억을 더듬어보았다. 원하는 것을 좀체 숨길 줄 모르는 아둔한 아이였는데 뭘 좋아했는지 많이는 떠오르지가 않았다.

"구운 닭고기를 먹게 해줄게."

나는 두화가 눈물도 거의 흘리지 못하면서 어린아이같이 큰 소리로 엉엉 우는 것을 보며 곳간을 나왔다.

저녁상에는 닭고기 구이가 올라왔다.

또 뜻밖인 것을 꼽자면, 그 와중에 못이 못답게 잘 만들어졌다는 점이었다. 하물며 품삯을 받아갈 이들이 다 죽거나 죽을 날을 받아둔 참이어서 그 훌륭한 못을 거저 판 거나 마찬가지였다. 그 때문에 집사도 흡족해 보였다.

아버지는 황건적 잔당 소탕 보고를 낙양에 보내셨고, 얼마 지나지 않아 낙양에서 황명이 하달되었다. 두화가 투옥되었을 무렵이었다.

"낙양으로 돌아가게 되었다."

아버지는 뚜렷한 기쁨을 점잖게 숨기며 말씀하셨다.

"다 네 덕이다. 네 공이야."

아버지가 기뻐하셔서 나도 기뻤지만 머리 한구석이 어지럽기도 했다. 모든 것이 그렇게 맞아떨어졌던 것은 왜였을까. 나조차도 이것은 꾸며낸 이야기라 생각하며 고한 것이 어째서 다 사실로 드러났을까. 못 파러 온 일꾼들은 어찌 모두 태평도를 믿고 있었으며 대장도 두화도 태평도를 따른 것은 왜였을까. 사실 집 밖의 모두가, 예주 백성 대부분이 태평도를 믿고 있던 것은 아니었을까? 그러니까 칼을 휘둘렀는데 운 좋게 황건의 무리에만 닿은 것이 아니라, 실은 칼 닿는 곳에 있는 사람 누구나가 황건을 품고 있어 그중 누구를 쳐도 황건적을 죽여 공을 세운 셈이 되는 게 아닐까?

공연한 생각이려니 하면서도 떨치기 어려워, 어서 예주를 뜨고 싶은 마음만 커져갔다. 아버지를 기쁘게 한 공으로 낙양행에 내가 뒤따르는 것도 의심의 여지가 없어졌기에, 나는 낙양으로 가는 날을 손꼽아 기다렸다. 아쉬움이 있다면 기껏 만든 못을 그리 즐겨보지도 못하고 낙양에 가게 생겼다는 것. 하지만 이 집도 이제는 후원에 못이 생겨 살 때보다 더욱 후한 값으로 팔릴 테지.

영영 오지 않을 것만 같던 낙양행의 날도 어느덧 다가왔다. 나는 생전 구경도 해본 적 없던 크고 화려한 가마에 탔다. 평소 같아서는 말을 타고 앞장을 서셨을 아버지도 몸이 편찮아 나와 함께 가마에 타셨다. 아버지가 편찮으신 것은 속상했지만 함께 가마를 타는 것은 좋았다.

　비록 가마에 탄 채기는 했지만 집 밖에, 예주성 밖에 나서는 것도 오랜만이어서 술을 걷고 창밖을 내다보았다. 성문 위에 효시된 죄인들의 목이 마치 꽃대를 올린 들풀 같았다. 그러고 보니 두화의 이름 뜻이 머리, 꽃이 아니었나.

　그렇게 되었구나, 두화야.

　이름대로 네 머리는 꽃이 되었구나.

　나는 이름대로 남의 머리에 초선관을 올리는 사람이 되겠다.

　창을 가리는 술을 내리고 아버지를 돌아보았다. 이 좋은 날 두화 생각을 하니 기분이 썩 좋지만은 않았는데, 워낙 좋은 날이고 보니 들뜬 마음을 가누기 어렵기도 했다.

　"아버지."

　"무슨 일이냐?"

　아버지는 편찮으시면서도 다정하게 답하셨다.

　"저는 이런 날이 영 오지 않으리라 생각했습니다."

　"어째서?"

"예전에 집사가 이르기를, 아버지께서 저를 예주 사람에게 시집보내실지도 모른다 했습니다."

"내가 예주 자사로 더 오래 머물렀다면 그럴 수도 있었겠다."

"한데 그러잖고 끝내 이렇게 아버지를 따라 낙양에 가게 되었으니 어찌 아니 기쁘겠습니까."

"네 말이 맞다."

아버지는 웃으셨지만 맥없는 그 웃음에 나는 도리어 슬퍼졌다.

"저는 혼사를 치르기 싫습니다. 계속 아버지 곁에 있고 싶습니다."

아버지는 더욱 흐뭇한 웃음을 지으시고는 한숨을 깊이 내쉬었다.

"나도 너를 떠나보낼 생각을 하면 벌써 섭섭하단다. 하나 두고 보아라. 네가 이런 늙은이 곁에 있기가 심심하여 시집보내 달라 떼쓸 날이 올 터이다."

"공연히 드리는 말씀이 아닙니다. 언제까지고 아버지를 보필하며 살 수 있다면 제게 원이 없겠습니다."

"기특하구나. 누가 너를 양녀라 할꼬."

그렇지요, 저는 아버지의 양녀지요.

아버지 말씀에 가슴을 얼음송곳으로 후빈 듯 쓸쓸하고 쓰라린 것도 잠시, 문득 좋은 수가 생각났다.

아버지, 친딸이 아니어서 얼마나 다행인지 모릅니다. 이렇게 기쁠 수가 없습니다.

"저는 아버지를 평생 모시고 싶습니다."

"그만하면 됐다. 효심도 지나치면 독이란다."

"효심이 아닙니다. 들어보소서. 말씀대로 저는 아버지의 친딸이 아닙니다."

아버지의 얼굴에서 웃음이 조금씩 지워져갔다. 대신에 내가 조금씩 입꼬리를 당겨 올리고 있었다. 아버지의 기쁨을 빨아들이는 듯이.

"아버지라고 부를 바에야 지아비로 모시는 것이 이치에 맞지 않겠습니까?"

"네 지금 무슨 소리를 하는 것이냐?"

"낙양에는 어차피 제가 아버지의 양녀인 것을 모르는 사람들뿐이지 않습니까. 저를 아내로 맞으소서. 정실이 아니어도 좋습니다. 첩으로라도 저를 맞아주소서."

"그 무슨 말 같지도 않은 소리더냐? 너는 기억하지 못할지라도 낙양에서 너를 애타게 찾고 기다릴 가족들이 있을 터인데 내가 너와……. 네가 지금 제정신이 아니로구나."

아버지는 편찮으셔서인지 내 말에 어이가 없어서인지 부들부들 떠셨다. 나도 진땀이 났다. 아버지가 이토록 질색하실 줄은 전혀 몰랐기에.

"낙양에 가족 같은 것 없습니다. 전부 거짓이었습니다. 연고 없는 저를 거두셨으니 책임도 지셔야지요. 아버지와 절대로 헤어지고 싶지 않습니다. 내치지 마시고 저를……."

"섰거라. 가마를 세우란 말이다."

아버지가 언성을 높이셨다. 물에 뜬 듯 덤벙덤벙 앞으로 나아가던 가마가 멈추었다. 아버지는 복색을 다듬고 가마 문을 발로 차 나섰다.

"말을 대령하라."

아버지가 나가서 말을 타자 가마도 곧 움직이기 시작했다. 나는 술을 걷어 아버지의 뒷모습을 눈으로 좇았다. 아버지는 뒤 한 번 돌아보지 않고 내가 탄 가마로부터 멀어져만 갔다.

도화

끝났다고 생각했다.

전심으로 숨겨온 사실을 내 입으로 자백하였다. 더는 드릴 말씀이 없었다. 나는 죽음을 각오했다. 이 자리에서 아버지가 내가 탄 가마를 조각조각 부수어도 잠자코 죽어야 하리라고.

하지만 말에 올라 멀어져간 아버지는 돌아오지 않으셨다. 아버지가 탄 말의 꼬리의 그림자의 끝자락조차도 가마에 닿는 일이 없었다. 차라리 가마가 망가지면, 내가 낙상하여 심히 다치면 그제사 아버지께서는 돌아보실까. 크고 화려한 만큼 튼튼하기도 한 가마는 저 스스로 부서질 줄도 몰랐다.

출렁출렁 흔들리는 가마 안에서 식은땀을 흘리다 잠들면 꿈에서나 가마가 망가졌다. 갑자기 바닥이 없어진 가마 밑으로 내가 쑥 빠지고서는 누구의 눈에도 띄지 못한 채 밑으로 밑으로 끝 모르고 꺼져 들어가는 꿈, 그런 꿈을 꾸면서 나는 낙양에 닿았다.

앞일을 미리 알았다면 예주에서 아버지를 송별했을까. 아니지. 백번을 다시 그때로 돌아가도 나는 같은 잘못을 범할 것이다. 아버지를 따를 것이고 아버지께 내 본심과 내 정체를 고하고 말 것이다. 그로 말미암아 어떤 꼴이 된들 나는 아버지를.

그토록 나는 나의 아버지를.

낙양에 당도했다는 소리를 듣고 처음 가마에서 내려 밖을 보았을 때에는 그 대단하다는 낙양도 직접 보니 별것 없구나 하는 생각이 들 뿐이었다. 가마를 오래 탔더니 속이 울렁거려 감흥에 젖을 겨를도 없었거니와, 성벽도 낮고 성문도 작고 호수는커녕 못이 하나 있을 따름에 못을 가르는 다리조차 앙증스럽고…… 애개, 이게 낙양인가. 천자께서 머무르시는 천하의 대도시가 겨우 이 정도인가. 갸우뚱하며 둘레를 천천히 살피다 나는 뒤늦게 알아차렸다. 성이 아니라 집이구나. 성안에 있는 아버지의 집이구나. 가마에서 내렸더니 난데없이 낙양성일 리 없지, 집에 왔으니 내리라 한 것이구나. 성이라기엔 약소하다 여겼더니, 그게 아니라 집치고 큰 것이었다. 예주도 천하중심과 사뭇 가깝고 어엿한 성이 있어 감히 촌이라기엔 당치 않은 고장이었으나, 예주에서는 이처럼 으리으리한 대옥을 길에서 구경한 적조차 없었다. 사합이라기보다 하나의 고을처럼 여겨졌다. 내가 나고 자랐던 고을 전체보다도 커 보이는 집이 었다.

"자네가 초선인가."

뒤에서 웬 목소리가 들려 돌아보니 값비싼 옷을 걸친 초로의 여인이 소매로 입을 가린 채 서 있었다. 기세에 눌려 나도 모르게 손을 모으고 고개를 조아리며 인사를 올렸다. 눈을 슬쩍 들어 다시 보니 머리가 조금 세었을 뿐 희고 주름 없는 이마와 진한 눈썹을 지녔으되, 젊은이들이나 입을 법한 화려한 색 옷은 영 겉돌아 나이를 짐작하기 힘든 이였다.

"따라오게."

짧고 단호한 말을 남기고 여인은 앞서 걸어갔다. 미묘한 위화감을 느끼면서 그 뒤를 부지런히 밟아 따랐다. 위화감은 왜일까. 넓고 낯선 집에서 처음 보는 이라서? 나이를 알 수 없는 모습 때문에? 그도 그렇겠지만, 무엇보다 찜찜한 것은 여인이 내게 미묘한 하대를 하는 점이었다. 이 집안에 아버지보다 높은 사람은 없고, 따라서 아버지의 딸인 나 역시, 천하라면 몰라도 이 집 안에서만큼은 일인지하 백인지상의 몸일 텐데. 혹시 아버지의 처첩인가. 아버지는 오래전에 상처하셨다 했는데. 미색에 약한 분이 아니셔서 첩도 두지 않은 것으로 아는데.

"앞으로 여기서 지내면 되네."

여인이 열어젖힌 문 안에는 나보다 너댓 살쯤 많아 보이는 이부터 나보다 한두 살가량 적어 보이는 이까지 열 명가량의

애들이 있었다. 일시에 열 몇 쌍 눈초리가 나를 향하자 얼어붙을 듯한 당혹감이 들었는데, 기이하게도 이전에 이런 적이 이미 있었던 것 같다는 낯익은 감각 또한 있었다. 그랬지, 갑자기 낯선 애들 가운데에 떨어진 게 이로써 처음은 아니다. 다른 것이 있다면 한쪽은 초라하고 해진 옷을 입고 몇날 며칠씩 굶었는데 다른 한쪽은 잘 먹어 보얀 살을 비단으로 둘러 장식했다는 점. 아니지, 그것만은 아니다. 남녀 구별이 없던 다리 아래 아이들과 다르게 이곳 아이들은 전부 계집이었다.

이 애들이 모두 아버지의 딸인가?

혹 아버지의 첩인가?

"도화 이리 오게."

"예, 부인."

이름을 잘못 듣고 소스라친 내 앞에 키가 꼭 나만 한 여자아이가 와서 섰다. 도화라고? 부인이라고? 일이 어찌 돌아가는 것인지 짐작할 수 없는 것 또한 다리 아래에 처음 닿았을 무렵과 같았다.

"이 아이는 초선이라 하네."

몇 아이가 키득키득 웃었다. 무엇이 우스운가. 이름이? 담비와 매미가? 짐승과 벌레가?

"자네가 이곳 생활에 대해 잘 가르쳐주게."

"알겠습니다."

나이 든 여인은 나를 여자애들로 가득한 방에 그대로 두고 떠났다. 아녀자가 집 안에서 어찌 처신해야 하는가에 대해서는 집사에게서 많이 배웠으니 나만 한 계집애가 내게 따로 더 가르쳐줄 필요 없다 했어야 하는데, 집사의 가르침처럼 소리도 기척도 없는 걸음으로 빠르게 멀어져가는 여인을 잡을 도리가 없었다.

"이리로."

도화라 불린 아이가 앞서 걷기에 엉겁결에 나도 그 뒤를 따랐다. 후문을 나서니 탄성이 나왔다. 입 구口 자로 생긴 사합원의 축소판이라 할 법한 건물이 몇 채 들어서 있었다.

"바로 앞에 보이는 소정방에는 심 부인이 기거하시고 소우 상방에는 제일 큰 언니들과 가장 어린 애들 합쳐서 다섯. 소좌 상방에는 너랑 내 또래."

도화를 따라 들어간 건물에는 좁은 복도를 가르는 두 벽을 가로로 한 번 더 나누어 만든 방 네 개가 있었다.

"여기가 우리 침소."

예주에서 혼자 쓰던 침소와 비교하면 크기는 작았지만 갖추어둔 살림은 그때보다 못할 것 없었다. 하나뿐이기는 하지만 커다란 침상이 있었고 꾸밈이 앙증맞았으며 은은한 분 향이 났다.

"얘."

도화가 뭔가를 더 말하기 전에 내가 앞질러 그 애를 불렀다. 표정을 읽을 수가 없는 애였다. 첫눈에도 예주에서 살 때 부리던 멍청한 몸종과는 여러모로 달랐다. 입은 옷이며 몸가짐이며 시비랄 수 없을 듯 귀한 몸으로 보였고, 뭣보다 이 소사합에 마련된 이 방은 원래 이 애의 것이고 내가 얼렁뚱땅 거기 얹혀 사는 모양새가 된 것, 그건 그냥 넘어가기 어려운 사실이었다.

"너는 아버지랑 무슨 사이지?"

"아버지?"

"왕공 어르신 말이야."

도화는 얼핏 웃었다. 웃은 것 같았다……. 조금 지나 어렴풋이 올라갔던 입꼬리도 부풀어 올랐던 윗뺨도 웃음의 기미를 도로 감추었기 때문에 확신이 없었다. 그러더니 도화는 방을 나갔다. 황급히 따라가니 여자애들이 모여 있던 건물로 돌아가며 몇 가지 귀띔을 더할 뿐이었다. 이 작은 사합을 내처라 부른다는 것이나 내처 바깥채에 나이 많은 여종 둘이 있는데 웬만한 일은 여자아이들끼리 나누어 맡아 한다는 것 따위.

"내가 물어본 것은 왜 답해주지 않는 거야?"

어느덧 후문에 닿은 도화가 나를 물끄러미 보다가 문을 열었다. 여자애들은 각자 악기를 켜거나 노래를 하거나 춤을 추거나 그림을 그리거나 거울 앞에서 매무새를 고치고 있었다. 문이 조금 열렸을 때 잠깐 새어나오던 웃음소리와 노랫소리, 문이 활짝 열리고 나와 도화가 들어서자 그 소리가 딱 끊어져 어색했다. 끊이지 않은 것은 피어오른 백분의 냄새뿐이었다.

"이리 와라."

제일 나이가 많겠거니 짐작되는, 나보다 너댓 살쯤 더 먹어 보이는 여인은 금(琴)을 끌어안고 있었다. 여기서는 그 여인이 대장이겠거니 싶었다.

　"멀리서 오느라 고생했지?"

　곁에서 몇 아이가 또 키득키득 웃는 소리가 들렸다. 나는 잠자코 손을 모으고 고개를 조아렸다.

　"어차피 같은 집 사람인데 너무 갖추어 대하지는 마렴. 어디 보자, 네 이름은 아까 들었고, 내 이름은 금아란다."

　금아. 금아. 입속으로 이름을 몇 번 되뇌었다.

　"같은 집 사람이란 것이 무슨 뜻인지요?"

　"그 말에 다른 뜻이 있더냐?"

　도화에게 했던 질문을 다시 꺼내자 금아는 웃으며 대답했다.

　"여기 모인 소저들께서도 아버지의…… 왕공의 양녀이신지요?"

　짐작으로는 그것이 가장 이치에 맞는 듯했다. 아버지는 예주에 오시기 전에도 전장을 돌며 많은 고아를 거두셨을지 모른다. 불손불충하여 황상께 죄를 짓는 것은 어른들의 일이려니와 아이들은 죄가 없으니까. 죄지을 만큼 세상과 친해보지 못했으니까. 아버지는 그리도 자비로운 분이신 게다. 길에서 거둔 아이가 나 하나가 아니며 내가 처음도 아닌 것은 섭섭한 일이지만 아버지의 깊은 마음을 되짚을 수 있어 기쁘기도 했다. 분내 나는 고요한 방 안을 불쑥 칼처럼 찢는 웃음소리가 솟은 것은 그다음 순간이었다. 내가 꺼낸 말에 금아 곁에 서 있던 아이 하나가 깔깔대며 배를 잡은 것이었다.

"춘우 너, 언니들이 어디 그렇게 웃으라 가르쳤느냐?"

금아가 꾸짖었지만 아이는 웃음을 그치지 않았다. 웃음을 그치기는커녕 내게 손가락질을 하며 놀려댔다.

"바보, 네 아직 스스로 왕씨인 줄 착각하고 있구나."

무슨 말이지? 다른 아이들을 둘러보니 몸은 모두 이편을 향하고 있었지만, 하나같이 눈을 돌리고 있었다. 나와 눈을 마주치기가 껄끄럽다는 듯.

"어르신께서 널 버리신 거란다. 너는 이제 양녀가 아니라 가기家妓가 된 것이야."

가기란 집에서 데리고 지내는 기녀. 기녀란 용모와 재주를 가꾸어 남자들을 기쁘게 하는 여인. 그렇게 알고 있었다. 아니지, 또 아는 것이 있다. 기녀들은 아주 후하기도 하고 몹시 박하기도 하다. 거지로 떠돌던 때에 알게 된 것이다. 제 어릴 때가 생각난다며 그릇 가득 먹을 것을 채워 오는 사람이 있는가 하면, 배곯아 죽겠거든 자기처럼 일을 하라고 악을 쓰며 내쫓는 사람도 있었다. 일 좋아하네, 실실 웃어 돈 버는 게 무슨 일이야. 대장이 그렇게 말했던 것도 같다. 그게 무슨 말이지? 그냥 웃기만 하면 사람들이 돈을 쥐여준단 말인가? 그렇게 생각하곤 곧 잊었던 것 같다. 어쩐지 대장마저도, 나와 다를 바 없던 어린 거지마저도 그 사람들을 무시하고 저어하는 기색이어서 더는 알고 싶어 하지도 않았다.

이제는 딸이 아니라 가기라는 말은 그리 아프지 않았다. 처음에야 더는 아버지를 아버지라 부를 수 없음에 충격을 받았지만, 아버지 곁을 떠날 필요가 없다는 사실을 알고 나니 아무렇지 않게 되었다. 오히려 감사한 마음마저 들었다. 아아, 아버지. 이 초선을 여전히 아끼시는군요. 그 자리에서 자진하라 명하셨어도 잠자코 따랐어야 할 이 거짓말쟁이를 계속해서 거둬 주시다니요.

양녀인 나의 취급을 가기로 바꾸려 하는 동안에 아버지는 내 생각을 멈출 수 없었을 것이다. 저 애를 어쩌면 좋을까. 분수를 모르고 양부에게 혼사를 청하는 미친 여자아이를 어떻게 해야 할까. 감히 아버지를 기망한 죄를 묻자면 백번을 죽여도 모자라겠지만 황건적 소탕의 공을 따지면 모질게 내칠 것도 없다 생각하신 게 분명했다. 공은 공이로되 벌하지 않을 도리는 없으니 합당한 처사였다. 그전처럼 곁에 두되 그전만큼 가까이하지는 않겠다는 뜻이었다. 아버지. 아버지. 발 빠른 종을 낙양에 앞세워 보내 초선이라는 아이를 내처에 들이라 전하도록 하기까지 아버지는 끊임없이 내 생각만 하셨을 것이다.

저는 이제 어찌하오리까?

그것이 문제였다. 본분이 바뀌었다면 그 소임에 최선을 다

해 다시 아버지의 마음을 얻으면 되련만, 무엇을 하면 좋을지 모르는 것이 크나큰 문제였다. 내가 보기에 가기의 일은 노는 것인데, 악기를 켜는 법이나 춤을 추는 법을 익히고 전통 곡조와 최신 곡조를 두루 섭렵하는 것으로 정말 아버지를 기쁘게 할 수 있을까. 아버지는 자기 목을 걸고 적장의 목을 베는 장수이시며 백관을 통솔하여 만민을 다스리는 문신이신데. 집에서 노는 계집아이 중 하나인 내가 다시 아버지 눈에 들 수 있을까. 노래하고 춤을 추며 눈치 좋게 술 따르는 재주로, 겨우 그런 것으로.

가장 나이가 많은 금아는 금 켜는 재주가 빼어나다. 그다음 나이 많은 무원은 춤의 달인이다. 금아와 무원의 돌봄을 받으며 소우상방에서 지내는 아이는 셋. 나를 보고 바보라 놀려댄 춘우는 버르장머리는 없어도 손재주가 있어 서화에 능하다. 지순이라는 아이는 암기력이 좋아 나라의 고사를 보고 읽듯 읊을 줄 안다. 노래를 가장 잘하는 아이는 견희.

소좌상방에 사는 또래 아이들은 다 비슷비슷해 보여 이름을 외는 데에 더 오래 걸렸다. 그림을 잘 그리고 수놓는 재주도 있는 하란. 말솜씨도 좋고 셈에 밝은 백희. 피부가 가장 희고 고운 자는 진매. 손이 빨라 남의 일까지 도맡아 하는 난영. 발놀림이 날랜 인옥.

그리고 나와 같은 침소를 쓰는 도화. 입이 무겁고 체향이 좋은 아이.

가기들의 크고 작은 특기는 내가 보고 찾아낸 것도 있었지만 서로서로 귀띔해준 것이 더 많았다. 내게 사람의 얼굴을 익히는 능력이 없어 이름과 얼굴을 엮어 기억하기 어려워하는 것을 알고 그런 것이었다. 처음에야 내 이름을 듣고, 내 착각을 알고 웃어댔으나, 깊이 알고 보면 마음씨가 나쁜 아이는 하나도 없었다. 모두들 황건당으로부터 해를 입었거나 그 밖의 크고 작은 전란으로 부모를 잃은 아이들이었기에 서로의 처지를 이해하는 마음도 깊었다.

나는 처음에 어여쁜 초선이라 불렸고 오래지 않아 버금가는 초선이라 불리게 되었다. 어떤 재주도 가기들 중 가장 빼어나지는 않지만 적어도 둘째는 되었기 때문이다. 서화와 고사는 얼마간 익힌 것이 있었고, 노래와 춤은 타고난 소질이 있어서 금세 따라잡을 수 있었다. 오래 배워야 경지에 이른다는 금 켜기 빼고는 다른 가기들에 뒤질 것이 하나 없었다.

이걸로 되었을까. 가기들 중 누구보다도 재주가 많다는 것을 아버지께서 아시면 나를 다시 보실까. 반쯤은 놀듯, 반쯤은 가기 된 도리로 재주를 갈고닦고 화장술을 익히면서 나는 종종 생각했다. 나이가 있는 언니들에게 묻기도 했다. 어떻게 해야 다시 아버지를 뵈올 수 있냐고. 언니들은 가기의 일이 따로 있다고 일렀다.

"지금이야 어르신께서 십상시 때문에 거동을 주의하셔서

그런 일이 적지만, 어르신은 본디 연회를 좋아하신단다. 뜻이 맞는 관리들을 모시고 와 환담을 나누시며 연회를 베푸시는 거야. 여흥으로 우리가 나가서 노래나 연주를 하고 춤을 추는 것이란다."

금아가 일러준 대로라면 내게는 가망이 없었다. 연주를 하라면 금아가 나갈 것이고 춤을 추라면 무원이 나갈 일이 아닌가. 딱히 못하는 것이 없으나 무엇 하나 제일로 해내지 못하는 나로서는 아버지 앞에 나설 기회를 잡기 어려울 듯했다. 내가 그런 말을 하자 금아는 놀라워하며 대답했다.

"여기 온 지 얼마나 되었다고 벌써부터 그런 자리에 나가고 싶어 하니? 너는 타고난 재주가 있어 금방 심 부인 눈에 들 것이야. 심 부인께서 준비되었느냐 물으시면 그때 나가면 된다."

낙양 집에 막 당도한 나를 가기들의 처소로 이끈 초로의 여인을 가기들은 심 부인이라 불렀다. 다루지 못하는 악기가 없고 시서화에 두루 통달하였으며 온갖 춤의 형식을 모두 터득한 재인으로, 나이가 들어 직접 연회에 나서는 일은 없으나 가기들을 통솔하여 생활을 돌보고 연회에 내보내는 것 전부가 부인의 몫이라 하였다.

식사 때마다 심 부인을 마주하였으나 감히 말을 건네볼 기회는 얻지 못했다. 우선 식사할 때 수다스럽게 구는 것이 엄히 금지되어 있었고, 대략 나이순으로 심 부인과 가까운 곳에 앉아 나의 자리는 심 부인의 자리와 무척 멀었으며, 심 부인은 기가 막힐 만큼 밥을 적게 먹었기 때문에. 심 부인은 매번 가기들보다 조금 늦게 식사를 하러 와 가장 먼저 자리를 떴다.

하여 실로 내가 심 부인의 음성을 들어본 것은 처음 본 날이 마지막이었다. 가기들과 함께 지내게 된 지 두어 달 되었을 무렵까지는 그랬다.

"초선."

"여기 있나이다."

저녁 식사를 마친 심 부인이 젓가락을 내려놓으며 나를 부른 것이었다. 잘못 들었나 싶었지만 나도 모르게 대답했고 그러기를 천만다행이었다. 혹시 대답하지 않았다면 예를 잘못 배웠다며 혼내셨을지 모르니.

"자네는 조금 후에 소정방으로 건너오게."

"알겠습니다."

대답하자 심 부인은 자리를 떴고 심 부인 곁에 앉은 언니들끼리 눈길을 주고받는 것이 보였다. 언니들이 나 모르게 심 부인께 내 심정을 전해준 것일까? 심 부인은 마침내 내가 준비되었다 여긴 것일까.

가벼운 걸음으로 심 부인이 머무는 소정방에 들어섰다. 어디에선가 심 부인이 보고 있을 것만 같은 생각에 특별히 더 걸음걸이를 주의하면서. 침소로 추정되는 안쪽 큰방 문 앞에서 손을 모으고 인사부터 올렸다.

"초선이 왔습니다."

들어오라 기별하는 말은 조금 기다려보아도 돌아오지 않았다. 혹 대답하기 곤란한 사정이 있지 않은가 하여 열려 있는 문안으로 발을 들여넣었다. 살금살금 걸어 방 가운데로 가보아도 부인은 보이지 않았다. 책상 위에 비단 두루마리가 펼쳐져 있기에 무심코 보았는데 그림이 그려져 있었다. 아무것도 걸치지 않은 몸으로 다리를 벌리고 쪼그려 앉은 여인이.

헉하고 숨을 몰아쉬면서 누가 볼세라 그 그림 앞에 뛰어들어 내 소매로 그 여인을 가렸다. 그림 위에 얹은 팔을 조금 들어 다시 보아도 민망했다. 여인의 다리 사이에는 중심으로부터 퍼져나오는 폭 좁은 동심원 같은 것이 있었다. 안쪽으로 갈수록 점점 붉은색이 되는 동심원. 그 도형의 꼭대기에는 터럭도 조금 그려져 있었다. 내 다리 사이에도 한두 가닥 터럭이 자라기 시작한 참이었기에, 그것이 나를 그린 그림은 아닌가 하는 터무니없는 생각도 잠깐 들었다. 그림 속 여인은 태연한 얼굴로 나를 한심하다는 듯 올려다보고 있었다.

심 부인이 내가 이 그림을 본 걸 알면 어쩌지.

그런 생각을 하면서 나는 말려 있는 두루마리를 살살 밀어 폈다. 벗은 발끝처럼 보이는 그림이 접힌 부분에서 살며시 나와 있었기 때문에 다음 그림은 무엇일까 호기심이 동했다. 펼쳐보니 수염 난 관리가 여인을 담쑥 안아 제 무릎 위에 앉힌 그림이 나왔다. 여인은 양 무릎을 조금 구부리고 있었지만 발끝이 하늘을 향하고 있었다. 말려 있는 두루마리 밖으로 나와 있던 것이 그 발가락이었다. 그러나 이런 것들은 곁눈으로 파악된 것일 뿐, 내 눈은 줄곧 그 그림의 중심에 박혀 있었다. 여인과 수염 난 사내를 서로 이은 부분, 두 사람의 다리 가운데에서 눈을 뗄 수 없었다.

이 그림이야말로, 아아, 이 그림이야말로. 심 부인이 내가 이 그림을 본 걸 알면 정말 어쩌지.

초조감 때문인지 다른 무엇 때문인지 손끝 발끝이 간지러우면서도 따끔따끔했고 다리 사이와 배 안쪽의 심줄이 서로를 당겼다 놓았다 하는 듯 아득한 느낌이 들었다. 두루마리의 말린 부분은 여전히 두툼하여 그런 그림이 얼마든 더 있다는 듯 눈을 끌었다. 두루마리를 어느 쪽으로 굴릴 것인가. 펼칠 것인가 감을 것인가.

"재미있나?"

불쑥 어깨 사이로 끼쳐온 심 부인의 목소리와 입김에 소스라친 나는 두루마리를 감을 생각도 펼칠 생각도 하지 못하고 굳어버렸다.

"모르겠습니다."

"더 펼쳐보게."

내가 머뭇거리자 심 부인이 사뭇 엄한 목소리로 재차 말했다.

"더 펼치게."

"알겠습니다."

나는 비단 두루마리의 펼쳐진 부분을 옆으로 조금 당기며 그림을 또 하나 드러냈다.

"두 사람이 무엇을 하고 있나?"

까닭을 모르게 부끄러운 마음이 들어 선뜻 말이 나오지 않았다. 심 부인은 그림을 펼치라 종용했던 것처럼 한 번 더 엄히 말했다. 나는 돌아보지 않은 채 눈을 질끈 감고, 눈꺼풀 안에 생생하게 뜬 그 그림을 읽어냈다.

"젊은 남녀가 바닥에 누워 뱀처럼 얽혀 있습니다."

"또?"

"남자가 뒤에서 여자를 끌어안고 옷 위를 헤쳐 가슴을 쥐고 있습니다."

"또."

"여인의 한쪽 다리를 들어 그 중심을 드러내고……."

마른침을 삼키고서야 마저 말할 수 있었다.

"그 안에 자기의 중심을 집어넣었습니다."

비단 위에서는 멈추어 있던 그림이 눈꺼풀 안에서는 살아 꿈틀거리는 것 같았다. 남녀의 몸이 가볍게 뒤틀리면서 남자의 중심이 여자의 중심으로 점점 깊숙이 들어가는 광경이 선명하게 떠올랐다.

"표정은 어떠한가?"

"두 사람 모두 괴로워 보입니다."

심 부인이 훗 하고 웃었다. 더운 듯 식은 듯 소름을 일으키는 입김이 다시 한번 목과 어깨 사이를 스쳤다.

"괴로운 것이 아니야. 정사로 희열을 느낄 때, 그렇듯 찌푸리며 탄식하는 듯한 얼굴이 된다네."

그제야 알았다. 심 부인이 처음부터 이 두루마리를 내게 보여주려고 불렀다는 것을. 그런데 왜 이런 그림을 내가 보아야 하는 것일까. 왜 이런 그림을 보고 내 기분과 심정이 이렇듯 묘해지는 것일까.

"황실에서 남녀의 교합을 가르칠 때 쓰는 그림이야. 귀한 것이니 실컷 보아두게."

심 부인은 그제야 책상 앞으로 나서서 내 어깨를 가볍게 밀며 두루마리를 길게 펼쳤다. 온갖 모양으로 몸을 얽은 남녀의 그림이 끝도 없이 이어졌다.

"이런 그림을 어찌 저에게……."

내가 말하자 심 부인은 어린애처럼 눈을 동그랗게 뜨고 나를 보았다. 그러고는 입을 가리고 웃었다.

"세상에."

심 부인이 웃는 이유를 짐작조차 하지 못한 채 나는 손을 모으고 그저 송구하다 고했다. 웃으니 눈이 둥글게 휘어져 평소보다 어질어 보이는 심 부인을 보니 마음이 놓였지만 이게 무슨 상황인지는 여전히 알지 못해 불안했다. 아랫도리를 맴돌던 뿌듯하고 간지러운 느낌도 어느새 달아난 채였다.

"공께서 자네를 양녀로 키우셨다는 말은 들었지만 이렇게나 아무것도 모를 줄이야. 자네 가기의 일이 무엇인 줄 알았나?"

답을 모르는 나를 심 부인은 매섭게 다그쳤다.

"가기는 노래 몇 곡조 뽑을 줄 아는 계집 아무나 하는 게 아니야. 방중술을 터득하여야 진정 주인에게 보탬이 되는 것일세."

누구한테 먼저 털어놓지도 않았는데 가기들 모두 내가 심 부인의 처소에서 무엇을 하고 왔는지를 이미 알고 있었다. 어떤 아이는 걱정스럽게, 어떤 아이는 또 기대에 찬 듯 그 그림들이 어떻더냐고 물어왔다. 그림들에 대해서야 할 말이 없었다. 노골적이고 징그러워 충격적이었으나 몽롱하고 기분이 좋아지는 이상한 면모도 있는 그림들이었다. 진정으로 큰 문제는 장차 그와 같은 행위를 나도 해야 한다는 심 부인의 귀띔이었다. 그렇구나, 준비가 된다는 것은 그런 것을 해야 할 때가 온다는 것이구나.

예주성에 있던 집 바깥채에도 가기들이 머무는 곳이 있었을까? 나는 그저 몰랐을 뿐인가?

내 의문과 근심을 눈치챈 금아가 먼저 꼭 그런 시중을 드는 것은 아니라 하였다. 주로 하는 일은 내가 알던 것처럼 연회의 흥을 돋우는 역할이 맞고, 아버지께 무척 중한 손님이 탐을 낼 경우에만 그런 일을 하게 되는 것이라고. 그게 무슨 대접이 되나, 갸웃하며 물으니 금아는 고개를 절레절레 저었다. 사내들이 그 짓을 얼마나 좋아하는지 넌 모를 거야. 깨어나 잠들기까지 그 짓 생각을 하고 꿈에서도 그 짓을 한단다. 그럼 언니도? 언니도 몸으로 시중을 들기도 해? 그런 물음을 담아 쳐다보니 금아는 고개를 끄덕였다.

내 침소로 돌아가 도화 곁에 누워서도 한동안은 그림 생각이 났다. 도화가 말이 별로 없는 아이라는 것을 알면서도 굳이 입을 뗀 것은 그래서였다.

"도화야, 자니."

도화는 대답 대신 이불을 걷어 내리고 팔을 괴어 나를 향해 윗몸을 세우고 누웠다. 희부듯한 달빛이 창에 들어 도화의 얼굴 윤곽을 드러냈다. 갑자기 맨 처음에 보았던 다리를 펼치고 앉은 여자 그림이 생각나 민망해졌다. 나의 그곳이 그렇게 생겼듯 도화의 그곳도 그렇게 생겼을 테니까.

"무슨 생각 해?"

도화가 물었다. 네 그곳을 생각했어,라고는 말할 수 없었다. 왠지는 모르겠지만 그렇게 말해서는 안 될 것 같았다.

"낮에 본 그림 생각."

도화는 말없이 내 눈을 똑바로 바라보았다.

"어르신과도 그런 일을 하게 되는 거야?"

둘러대자니 그런 말이 튀어나왔다. 말하고 보니 이상했지만 좀 더 깊이 생각해보면 이상할 것도 없었다. 피가 섞인 것도 아니고, 얼마 전까지는 아버지를 지아비로 모실 생각까지 한 것을. 오히려 당연하다면 당연하게 생각되었다. 모르는 사람과 다리를 얽는 것보다야 아버지와…… 어르신과 그렇게 눕는 것이 바른 일처럼 여겨졌다.

"미친년."

도화가 툭 내뱉고 돌아누웠다. 그렇게 말이 없던 애가 갑자기 욕을 하니 좀체 화나는 일이 없는 나도 부아가 확 치밀었다.

"아니면 아니라고 하지 왜 욕을 하고 그래?"

"어르신과 그러는 사람은 처첩이지. 가기가 아니라."

그 또한 이치에 맞는 말 같았다. 그런데 그러고 보면 처첩은 두지 않고 가기만 부리는 아버지도 이해하기 어려운 분 같았다. 사내들이 그 짓을 그렇게 좋아한다면 아버지는 어째서 남 좋은 일만 하시는가.

"아버지의 속을 헤아릴 수가 없어."

도화는 대답하지 않았다.

"나를 버리지 않고 내처로 보내신 것도 그래. 나를 아끼시니 버리지 않은 것일 테지만, 왜 지아비로 섬기게는 해주시지 않는 걸까……."

"바보구나."

도화가 웅얼거렸다.

"자는 줄 알았네."

"널 버리긴 왜 버리니. 가르칠 것 다 가르쳤지, 얼굴 예쁘지."

"내가 예뻐?"

도화는 또 대답하지 않았다. 가만 보니 제가 대답하고 싶은 말에만 대답하는 못된 버릇이 있는 애였다.

"나는 사람의 미추를 모르겠다."

도화는 꾸물거리며 다시 나를 향해 돌아누웠다.

"애초에 다 똑같이 보이니까. 생김새로 사람을 구분할 줄 모르는데 얼굴이 잘나고 못난 건 어떻게 알겠니."

"너는 몰라?"

"뭐를?"

"네가 예쁜 걸 몰라?"

언성을 높이는 일은커녕 말수 자체가 적은 도화가 벌컥 화를 내며 물었다. 내가 예쁜데 왜 네가 화를 내지? 그보다, 예쁜 게 무슨 소용이지? 어차피 아버지는 나를 거들떠보지도 않으시는데. 가슴이 답답해져 눈물이 나려고 했다. 나도 모르게 울음 섞인 목소리로 물은 것은 목과 가슴을 옥죄는 그 괴로움 때문이었다.

"얼마나 예쁜데?"

도화는 말이 없다가 불쑥 다가왔다. 무슨 일이 일어나는지 내가 알아차리기 전에 도화의 입술이 나의 입술에 맞닿았다. 화장을 지운 뒤인데도 도화에게서는 은은한 분 향이 났다. 향긋하면서도 끝이 보드라운, 화장 붓에서 피어오른 고운 가루를 떠올리게 하는 냄새가. 입술은 따뜻하고 폭신해 깨물어보고 싶은 충동이 들었다. 내 입술과 정면으로 맞닿아 있던 그 입술이 가로로 방향을 틀더니 벌어졌다. 나는 멋모르고 도화를 따라하느라 입을 살짝 벌렸는데, 도화는 내 윗입술과 아랫입술을 잇는 가느다란 부분을 이로 살짝 긁어 훑으며 내게서 떨어졌다.

"싫으면 싫다고 해."

듣고 보니 싫고 좋고를 따질 겨를이 없이 벌어진 일이었다. 잘 따져 생각해보니 싫지는 않았다. 싫어하기에는 이 일에 대해 내가 아는 바가 너무 적다는 생각이 들었다.

"싫지 않아."

도화는 내 어깨를 부드럽게 밀어 반듯이 눕도록 한 후에 내 위에 올라탄 채로 또다시 내 입을 자기 입으로 물었다. 이가 다 나지 않은 아기 맹수가 먹이를 탐하듯 집요하면서도 부드럽게 내 입술을 빨았다. 가슴 뛰는 소리가 전장의 북소리 못지않게 요란했다. 도화는 내 오른손을 끌어 자기 가슴 위에 올려놓았다. 작은 접시처럼 부푼 젖 아래에서 도화의 가슴도 그렇게 뛰고 있음을 내 손가락들은 서툴게 짚어냈다. 가슴을 움켜쥔 그림이 낮에 본 두루마리에도 있었지. 나는 그제야 이 일련의 행동에 어떤 의미가 있는지를 알아차렸다.

약하게 빨아올리는 힘을 유지한 채 도화의 입술은 점점 아래로 내려갔다. 턱, 귀, 목, 목 아래 우묵한 곳을 지나 가슴. 가슴에서 도화는 오래 머물렀다. 처음에는 옷 위에서 가볍게 깨물고 입김을 불어넣어 따스한 기운이 옷에 스미며 퍼졌다가 천천히 식기를 되풀이했는데, 곧 도화가 내 옷섶을 풀어 헤쳐 생젖꼭지를 물었다. 앗. 나도 모르게 그런 소리를 내뱉었고 발이 저절로 움직여 아무 이유도 없이 발아래 허공을 찼다. 서로 높이가 달랐던 양 무릎이 자리를 바꾸었다.

두 번째로 입술이 닿고 서로 입속을 혀로 얼마간 더듬을 무렵부터 다리 사이가 이상했다. 저 혼자 떠오를 듯 나른하기도 했고 안에서 잡아당기는 듯 죄어들기도 했다. 도화의 입술이 아래로 내려가 가슴을 문지르자 다리 사이의 열기는 한층 진해지고 가슴과 그곳이 서로 이어진 듯한 느낌이 들었다. 반은 탄성이고 반은 신음인 목소리가 내 뜻과는 상관없이 자꾸자꾸 입 밖으로 기어나갔다.

"도화야, 나……."

도화는 대답 없이 입술을 배꼽 아래로 옮겨갔다.

"나 이상해……."

이빨로 허벅지를 가볍게 깨문 도화는 마침내 내 다리 사이 중심에 닿았다.

"안 돼, 더러워, 거긴 안 돼."

배 속에서 촛불이 타고 있는 것 같았다. 부드럽게 꼬여 있던 심지가 타들어가며 조금씩 풀려가는 듯했다. 초가 짧아져가며 불꽃이 맹렬해지고 촛농은 뜨겁게 흘러내리는, 그런 일이 배와 다리 사이에서 벌어지고 있는 것 같았다. 나는 양손으로 도화의 머리를 잡은 채로, 내 손가락들을 도화의 머리칼 안에 심은 채로 몸을 젖혔다. 도화의 손가락이 다른 방향으로 내게 답했다.

"이만큼 예뻐."

모든 것이 끝난 후에 도화는 말했다.

"천하에서 제일로."

폐월

늘 담박하던 밥상에 떡과 술이 올라왔다. 술에서는 더운 김이 났고 쇠판에 눌러가며 지진 떡도 가장자리가 아직 지글거렸다. 밥상에 간단한 찬 말고 다른 먹거리가 오른 것은 그로써 두 번째였다. 심 부인이 먼저 젓가락을 들고 말했다.

"왕공 어르신께서 이번에 태복太僕에 오르시어 지은 음식이니 감사하고 경하드리는 마음으로 드시게들."

나는 곁에 앉은 지순에게 내 떡을 나누어주고 상을 물린 후에 태복이 어떤 관직인지에 대해 들었다. 이전 잔치 음식을 받았을 적에도 지순은 떡을 조금 주거든 심 부인의 말이 무슨 뜻인지 설명해주겠다고 했었다.

"태복은 폐하께서 말이나 마차를 타실 때에 곁을 보필하고 타지 않으실 때에도 차마를 돌보는 벼슬이야."

"그럼 마부란 말이니?"

"마부는 따로 있지. 감히 아무도 황상이 타신 차마 앞에 얼씬대지 못하게 하는 게 태복이고, 차마가 화를 입어 옥체를 상하시는 일 없도록 하는 게 태복이지."

"그게 하남윤河南尹보다 높아?"

"녹봉은 똑같이 이천 석을 받지만 삼공구경三公九卿에 들어 황궁 안팎을 자기 집처럼 드나드는 관직이니, 높다고 해야겠지?"

"차마를 관리하고 녹봉 이천 석?"

"여느 차마가 아니라 황상의 차마잖아."

"네가 그랬잖아, 하남윤은 낙양을 비롯한 하남군 일대를 다스리는 관직이라고."

"그래, 군의 태수나 국의 승상 같은 자리. 태수 벼슬을 하는 사람은 나라에 백 명쯤 있지만 태복은 단 한 명인걸. 황상이 단 한 분이신 것처럼."

"하지만……."

낙양이고 예주고, 아니 천하 어디라도, 관직에 뜻을 둔 이 아무나 붙들고 장차 무엇이 되려는가 하면 태수 벼슬 한번 해보면 소원이 없다 답할 것이다. 거기장군이니 시랑이니는 고사하고 삼공구경 관직은 다 모를지라도 태수가 무엇인지는 삼척동자라도 모르지 않을 터이다. 태수가 되면 관으로부터 받는 녹봉도 녹봉이려니와 다스리는 고을에서 걷는 세로도 얼마든지 배를 불릴 수 있고, 맡은 군이 제 땅이요, 휘하 부대가 제 편이니 그 안에서는 황제도 부럽지 않으니까. 태수 대신 윤을 두는 낙양도 다를 리 없었다. 위로 천자가 계시다고는 하나 나라에서 으뜸으로 흥성한 도읍을 다스리는 자리다 보니 여느 고장보다 실속이 덜하지도 않을 터.

"하지만은 무슨 하지만이니, 이번에 구경에 이르셨으니 다음은 삼공이 아니겠어."

그렇군, 하는 일이야 어찌 되었든 태수보다 태복이 높은 거구나. 아버지가 더욱 높아지신 거로구나. 이름대로라면 언젠가 천자[子]의 스승[師]이 되실 분이니 이상할 것도 없지. 영광된 일이로다. 경사스러운 이야기로다. 그런데 나는 왜 이리도 안달이 날까. 아버지는 아버지의 이름에 마땅한 자리로 성큼성큼 나아가고 계신데, 나는 어찌.

초선이라는 이름으로 나는 어찌.

내 이름은 초선이고 초선은 매미 날개와 담비 털로 만들어 만들기도 다듬기도 까다롭기 그지없는 초선관을 돌보는 여인을 이른다. 나를 초선이라 처음 이르셨을 때 아버지는 언젠가 당신께서 초선관을 하사받게 되면 그것을 내게 맡기겠노라 하셨다. 이다음에는 기어이 삼공이 되어 초선관을 쓰시겠지. 아아, 아버지. 그런데 나는, 이름값은 못할망정 나는.

기쁜 것도 같고 슬픈 것도 같아 이마는 찌푸리고 입은 헤벌려 아래턱을 떨어뜨린 기품 없는 표정을 아마도 나는 짓고 있었을 것이다. 곧 가기들 중 하나가 와서 지순의 소매를 붙들더니 나를 아래위로 노려본 후에 지순을 데려갔다. 춘우였다. 서화를 좋아하는 춘우는 고사에 밝은 지순과 늘 붙어다녔다.

"뭐 하니, 우리도 가자."

허리를 감싸며 귀에 대고 말하는 목소리는 도화의 것이었다. 그러고서야 나는 소스라치듯 발을 옮겼다. 앞서가던 춘우가 몇 번인가 나를 돌아보았는데 그 눈초리가 흡사 서릿발 같았다.

오래지 않아 나는 알게 되었다. 다른 가기들도 내가 도화와 했던 일을 저희들끼리 하고 있다는 것. 가기가 손님들과 하는 일 역시 그와 크게 다르지 않음 또한 나는 곧 알게 되었다. 쾌락 때문이었다. 몇 번인가 도화에게 몸을 맡기고 나니 거울을 보다가도 밥을 먹다가도 금을 켜다가도 그 짓이 떠올랐다. 몸서리가 날 만큼이나 자주 그 짓이 하고 싶었다. 아아 그렇구나, 그래서 그 짓을 하는구나, 사내들이 자나 깨나 그 생각만 할 만큼 그 짓은 기분이 좋고, 그래서 대접이 되는 거구나.

그렇게 생각했기 때문에 나는 도화에게 곧이곧대로 물었다.

"남자와 하는 것도 이만큼 좋아?"

도화는 늘 그렇듯 짓씹어 뱉는 투로 대꾸했다.

"이 미친년아."

그러는 동안에도 도화의 손가락은 내 다리 사이를 돌아다니고 있었다. 거기에서 뭘 잃어버려 애타게 찾는 것처럼.

"아무하고나 하는 게 좋을 리 있어? 젖꼭지에 털이 숭숭 돋고 배꼽에서 말똥 냄새가 나는, 잘 알지도 못하는 사람과 하는 게."

나로서는 아무하고나 하는 것과 아무하고나 하지 않는 것이 왜 다른지 알 수 없었으나 가기들 사이에는 그런 규칙이 있었다. 금아는 무원과, 견희는 진매하고, 하란은 인옥이랑만 그짓을 했다. 도화가 나 말고는 누구와도 눕지 않는 것처럼.

그렇다면 춘우와 지순 또한 아마도.

가기들끼리는 서로 단단히 정해둔 짝이 있었고 자기 짝이 아닌 이와 그런 짓을 하려 하면 엄한 벌을 받게 된다는 것 또한 나는 곧 알게 되었다. 악기를 잘 다루는 금아는 과연 어떤 식으로 손을 움직일지, 춤 솜씨가 빼어난 무원은 침상에서도 몸놀림이 남다를지 아무리 알고 싶어도 그들을 넘봐서는 안 된다는 말이었다. 정해둔 바가 그렇다 하니 잠자코 따랐으나 나는 알고 싶었다. 그들이 그 짓을 얼마나 잘하는지가 아니라 왜 그런 법도가 생겼는가에 대해서.

아버지의 말 한마디면 누구하고든 그 짓을 해야 하는 주제에 왜 자기들끼리는 마음 내키는 대로 몸을 섞지 않는가. 짝을 정해 지조를 지키는 데에 무슨 의미가 있단 말인가, 가기 주제에.

"심 부인께서 가르쳐주셨겠지만 남자는 다리 사이에 이런 것이 있어."

도화는 내 배꼽에서 주먹 하나쯤 아래 놓인 곳을 짚더니

곤ㅣ자로 내리그었다. 기습한 간지러움에 나는 웃음을 터뜨렸지만 무서웠다.

"그걸로 여자의 중심을 뚫고 들어오는 거야?"

"그렇지. 하나도 좋을 것 없겠지?"

"무서워."

"무서워 할 건 없어. 평시에는 이렇게 늘어져 있거든."

도화는 내 배꼽 아래에 낱 개↑자를 그렸다.

"그게 뭐야, 엉덩이에서 떨어지는 똥 모양이잖아."

"그 예쁜 입으로 어찌 그런 말을 하니, 너는."

내가 간지러움을 못 참고 웃음과 함께 내뱉은 말에 흥이 식었는지 도화는 제 자리에 바르게 누웠다. 조금 전까지 도화가 몸을 바싹 붙이고 있던 어깨가, 도화의 팔이 가로질렀던 가슴과 배가 서늘해졌다. 양지에서 별안간 음지가 된 것처럼, 더운 기운이 순식간에 달아나 식은 자국을 남겼다.

"그러니까 남자와는 하지 말고 우리끼리 언제까지고 이렇게 살자."

내 머리가 아무리 아둔하다 한들 그것이 도화가 바라는 바임을 모를 수는 없었다. 거지로 살던 때에 대장이 나에게 그랬듯, 양녀로 거할 때에 몸종 두화가 대장에게 그랬듯 이제는 도화가 말 없는 눈길로 항시 나를 좇고 있음을 나는 알아차렸다. 하지만 너는 가기고, 나도 가기잖아. 아버지께서 어떤 나으리를 모시라 하면 그러지 않을 도리가 없잖아.

나는 도화에게 숨길 것이 없다고 생각했다. 그래서 말했다.

"언젠가는 남자와 하고 싶어. 딱 한 번이라도."

"알아."

내가 아버지를 염두에 두고 말하고 있다는 것을 도화가 모를 리 없었다. 도화는 돌아누우며 나른한 목소리로 말했다.

"그러니까 내가 너한테 미친년이라고 하는 거야."

곧장 잠들었는지 도화는 더 말이 없었다. 도화의 몸이 붙어 만든 내 몸의 그늘은 이제 다시 더운 기운을 회복했는데 가볍게 가슴을 내리누르던 팔의 무게는 천천히 가라앉아 몸 안에 걸려 있는 것처럼 느껴졌다.

왜 그런 느낌이 드는가를 알 수 없었다.

그렇게 말한 것이 처음도 아닌데 도화는 한동안 나를 멀리했다. 같은 침소에 누워서도 천 리는 떨어져 있는 듯이, 내가 보이지도 않는 듯이 등을 지고 지냈다. 얼마든지 이해할 수 있었다. 연모하는 마음은 손쉽게 뒤집혀 가증한 마음이 되곤 하니까. 그런데 그것이 다시 뒤집혀 연정이 되는 것도 그리 어려운 일이 아니라는 것 또한 나는 알았다. 모두 아버지 때문에 알게 된 것이었다. 하여 나는 그 또한 알았다. 도화가 제 마음에 나를 품듯 내 마음에 그 애를 담지 못함이 진정 그 애를 분하게 만든다는 것을. 그마저도 아버지 때문이라고밖에는.

도화의 마음을 모르는 바는 아니지만, 며칠이고 이어지는 투기에 답답하고 못마땅한 마음이 들기도 했다. 하늘을 보아야 별을 딴다고, 낙양에 온 지 몇 달이 지났는데 얼굴 한 번 뵙지 못한 아버지와 나의 사이에 대체 무슨 변모가 있겠는가.

일은 기이한 방향으로 실마리를 풀어가 나의 바람 두 가지가 일거에 이루어졌다. 마침내 도화는 마음을 풀었고 나는 꿈에도 그리던 아버지를 뵙게 되었다.

모두 심 부인의 말 한마디에서 비롯된 것이었다.

"연회를 준비하세나."

그 말에 모든 가기들의 얼굴이 흐려졌다. 연회를 겪은 적이 없으되 아버지를 뵙고 싶다는 마음만 큰 나를 빼놓고.

아버지께서 베푸는 연회는 본디 낙양에서도 내로라하는 것이었다고 들었다. 나는 그것이 아버지의 청렴하신 성미에는 맞지 않는 이야기라 여겼지만, 곰곰 헤아리자니 스스로는 검박하시지만 남에게 베풀 때만큼은 아낌없는 분이시니 그럴 만도 하다는 생각이 들었다. 당신께서 탐하지도 않을 여자들을 모아둔 까닭과도 이치가 닿는 일이었다.

"방금 공께서 보내신 심부름꾼이 다녀갔네. 곧 퇴궐하실 터이니 서두르게들."

우리는 다 먹지도 못한 저녁상을 물리고 부랴부랴 옷을 갈아입었다. 연회가 워낙에 오랜만이어서 어떻게 하는 것이었는지 까먹었다는 둥, 아끼며 연회 때에만 꺼내 쓰던 백분이 굳어

야단났다는 둥 난리도 아니었다. 실로 지난 몇 해 동안은 아버지가 예주에 계시다 아주 드물게나 본가를 찾으셨으니 당연한 바. 무원이 오랜만에 칼춤을 선보인다며 날이 번뜩거리는 쌍검을 꺼내왔고 금아는 불안한 듯 금을 껴안고 좌로 우로 서성거렸다. 오히려 연회를 겪어본 적 없는 어린아이들과 나는 태연했다. 어디까지나 아버지 앞에서 춤을 추고 노래하고 술 따르는 일인데 별일이 있겠는가. 내 짐작은 그러했다.

아직도 화장이 서툰 나는 도화의 손에 내 얼굴을 내맡겼다. 눈썹 붓이 눈앞에 다가오자 도화가 허리에 맨 진홍색 끈이 흐려 보였다. 나는 입 맞출 때처럼 눈을 감고 말했다.

"예쁘게 해줘."

"누구 좋으라고?"

도화의 목소리는 이마와 눈꺼풀 사이를 긋는 눈썹 붓처럼 가늘고 서늘했지만 그마저도 내겐 기꺼웠다. 연회에 올 고관들이 나를 어여쁘게 보지 못하게 하려는 그 마음이 무슨 뜻인지 알았기 때문에. 종이에 올린 연지를 입술로 가볍게 물고 눈을 치뜨자 도화가 퉁명을 부렸다.

"이 비싼 백분으로도 못생긴 얼굴이 가려지지를 않네."

애써 올린 화장이 무너질까 가만히 있었지만 나는 웃고 싶었다. 전혀 긴장이 되지 않는가 하면 그렇지도 않았으나 어쩐지 웃고 싶었고, 그래도 웃음은 나지 않았다.

단단히 치장하고 본사합으로 이어지는 방에 앉아 우리는

나오라는 기별을 기다렸다. 기다리고 기다렸다. 몇 식경이나 지났으려나. 엉치뼈가 저리고 하품이 나올 만큼 기다렸는데도 기별이 오지 않았다. 어린애들은 숫제 졸고 있었다. 방이 어두워져 불을 올리고도 한참은 아무 기별이 없었다.

"이제 나오시게."

심 부인이 본사합으로 통하는 앞문을 열었을 때에는 이미 어두운 밤이었다. 달조차 없었다. 심 부인을 따라 본사합 정원을 지나 정방으로 들어가 보니 단 하나의 상만 차려져 있었고 거기에 아버지가 앉아 계셨다. 관복을 벗지도 않으신 아버지.

"다른 객은 없으신지요?"

금아가 목소리를 낮추어 심 부인에게 여쭈었다.

"없는 것 같네."

"영문을 모르겠습니다."

"이 사람인들 알겠는가. 어서 가서 인사드리게."

우리는 우선 아버지께 공손히 인사드린 후 각자의 자리를 찾았다. 금아는 금을 켜기 시작했고 견희와 지순은 노래를 불렀으며 나머지는 무원을 따라 춤을 췄다. 나는, 내 역할 또한 무원과 함께 춤을 추는 것이었으나, 아버지 곁으로 다가가 술병을 들었다. 오랜만에 가까이에서 뵌 아버지는 얼굴이 붉었다. 술병이 아직 묵직한 것으로 미루어 이미 다른 곳에서 얼마간 취한 채로 귀가하신 듯했다.

"이제는 연호가 영한永漢이라는구나."

한 곡조가 끝나고 무원과 아이들이 절을 올리자 아버지는 그렇게 말씀하셨다.

"황상의 주인이 바뀌었다는 말이다."

그런가…… 천하의 주인이 바뀌었는데 나만, 우리만 몰랐단 말인가. 낙양에 온 지도 몇 달이 지난 참이었지만 나는 바깥 소식에 그렇게도 어두웠다. 아버지의 승진 소식 외에는 어떤 이야기도 소사합 문을 건너지 못했기 때문이다. 소사합 일을 돕는 시비들도 가기들과는 말을 섞기 싫어했다. 일이야 저희가 더 허드레를 맡지만 신분은 그쪽이 더 높다는 듯이.

"황상의 새 주인께서 천세를 누리시기를 도모하나이다."

"여인 된 도리로 어찌 먼저 입을 여느냐."

나는 아버지의 빈 술잔을 채우다 합 하고 입술을 깨물었다. 비릿하고도 향긋한 연지의 맛이 혀에 닿았다.

"너로구나. 초선이 너로구나."

아버지는 그제야 곁에 선 나를 알아보신 모양이었다. 나는 손을 모으고 고개를 조아렸다.

"송구하여이다."

"누가 너더러 술을 따르라 하더냐."

그 말씀에라면 답할 말이 많았다. 아버지가 나를 가기들의 처소로 보내지 않으셨습니까. 아버지가 나를 낙양으로 데려오지 않으셨습니까. 당신이 나를 초선이라 이름 짓고, 나를 기르고, 나를 구하고, 나를 버리지 않았습니까. 하지만 물론 아버지께서 내게 물은 것은 그따위가 아니었다.

"격무에 곤하실 어르신께서 손수 잔을 채우시게 둘 수 없어 소녀가 외람되이 나섰습니다."

나는 앉아 계신 아버지와 나란하게 서 있었기에 당황한 가기들의 모습을 모두 볼 수 있었다. 흥을 돋울 새 곡을 연주해야 할지 아버지가 마저 탄식하시도록 두어야 좋을지 눈치를 보는 금아와, 역시 곡조가 없어 춤을 추지도 시를 읊지도 노래를 하지도 못한 채 엉거주춤 선 나머지 아이들. 진홍색 허리끈을 맨 도화만이 태연한 얼굴로 나를 보고 있었다. 연회 잘 돌아간다, 그런 쓸쓸한 비웃음을 나는 도화의 화장한 입술에서 읽어냈다.

아버지가 더욱 화를 내시거든 엎드려, 펼쳐진 채로 바닥에 떨어진 헝겊처럼 납작 엎드려 빌 생각이었으나 뜻밖에도 아버지는 이렇게 이르셨다.

"초선만 남고 모두 물러가거라."

잠깐은 아무도 아버지의 명을 받잡지 못했다. 오늘 내리신 기이한 명들 가운데에서도 으뜸이었다. 갑자기 연회를 준비하라시더니 또 가무 한 곡 하고는 해산하라니. 연회 준비를 마치고 한참 기다린 것쯤은 아무것도 아닌 것처럼 느껴질 만큼 황당한 말씀이셨다.

"무엇들 하느냐, 어서 물리렷다."

금아가 일어나 아이들에게 절을 올리도록 시켰고 곧 모두 정방에서 나갔다. 그사이 아버지는 잔을 비우셨고 나는 채웠다.

"나와 만났을 때를 너는 기억하느냐?"

몇 잔인가 연거푸 들이켜신 후에 아버지는 말씀하셨다. 그럼요, 아버지. 기억하고말고요. 내 머리가 뛰어나서가 아니라 그때 내가 죽음을 목전에 두었기 때문에 기억하나이다. 그때 나를 황야에서 건져 안장 위에 앉힌 아버지를 어찌 잊겠습니까.

"내가 너를 거두었을 무렵에 남문 인근에 객성이 나타나 천하가 온통 요란하였다."

잘못 기억하고 계신 쪽은 아버지셨다. 천하를 요동치게 했던 남쪽의 불타는 객성은 나와 아버지가 만났던 그 이듬해에 나타났다. 하지만 나는 가타부타 하지 않고 아버지의 잔을 채웠다.

"본래 남문은 황상을 지키는 자리로들 풀이한단다. 거기에 불붙은 듯 밝은 별이 떴으니 이를 흉조라 여기는 사람이 많았다. 나는 천문에는 밝지 못해 거기까지는 알지 못했으나……."

계집치고 배웠다고는 하나 천문까지 통달한 스승은 모실 기회가 없었기에 나 역시 천문은 읽을 줄 몰랐다. 하지만 그 근자에 태평도의 무리가 가장 기승이었던 것이며, 그 전후로 오랫동안 황궁과 천하의 질서를 어지럽혔던 십상시를 생각하면 그러한 풀이에도 얼추 고개를 끄덕일 만은 하다 생각했다.

"하늘에 붙은 저 불이 달보다 밝구나, 그렇게만 생각했다."

그렇지, 그것은 자연의 이치다. 해 아래에서는 등불이 밝지 않다. 달 없는 밤에는 별이 밝고, 보름이 되면 달 근처의 별들은 흐려진다. 더 밝은 빛이 덜 밝은 빛을 삼키는 것. 아버지다운 담백한 생각이다. 마음도 뜻도 없는 하늘에 사람의 정과 원을 얽어 제멋대로 해석하지 않는 아버지. 피로 이어지지 않았음에도 우리가 이렇게 닮았다. 무릎이라도 치고 싶을 만큼 반가운 마음이 들었다.

"오늘에 이르러 너를 보니 그 객성이 떠오르는구나."

"송구하나 어르신의 깊으신 뜻을 소녀는 헤아리지 못하나이다."

설마하니 아버지께서 세간에서 떠드는 천문의 미신을 따라 나를 비난하실 리 없으리라. 하지만 불안한 마음에 나는 머리를 조아렸다. 조아렸으나 아버지는 앉아 계시고 나는 술병을 들고 서 있었기에 아버지가 내 얼굴을 찬찬히 뜯어보고 계시다는 것을 알 수 있었다. 한참 만에 아버지는 말씀하셨다.

"네 생김이 그처럼 눈에 띄어 달조차 지워버린다는 말이다."

아아!

술병 같은 것은 그만 던져버리고 아버지의 목을 껴안고 싶었지만 나는 그저, 조용히, 빙긋 웃었다.

"어찌 소녀를 부끄럽게 하십니까."

"마침 오늘은 삭월이렷다. 네가 나올 줄을 알고 달이 숨었구나."

"희롱하지 마옵소서."

아버지 눈에도 내가 고운 자태의 여인으로 보인다면, 그렇다면. 나는 기쁨을 억누르며 요조한 여인의 행세를 하려 애썼다. 가기 된 노릇으로 요조할 필요가 있겠는가마는, 그런 모습이 아버지에게 더욱 곱게 보인다면야.

한동안 아버지는 아무 말씀이 없으셨다. 그런 동안에는 술도 입에 별로 대지 않으셨다.

"내가 원망스러우냐."

예? 하고 되물을 뻔했으나 경망을 참고 점잖게 답했다.

"말씀 거두옵소서."

"나도 안다. 한때는 딸이라고 애지중지 길렀거늘, 하루아침에 가기로 전락시킨 짓거리가 얼마나 모질었는가를."

"아닙니다."

그 덕에 여인으로서 당신을 품어볼 길을 엿보았는걸요. 하지만 좋습니다, 다시 나를 딸로 여기신다 하여도 따르겠습니다. 그러다 다시 몸시중을 들라 하여도, 시비들 가운데 가장 천한 것으로 삼으시더라도 따르겠습니다. 저는 그렇게도 당신이 좋습니다. 영영 가망이 없더라도 당신의 처분이라면 따르고 싶습니다.

"네 아직 처녀렷다."

"예?"

끝내 격 없는 되물음은 그렇게 튀어나갔다. 취하신 아버지는 내 실수를 눈치채지 못하신 것 같았다.

"아직 남자를 모르는 몸이 아니냐는 말이다. 내 너를 낙양에 데려온 후에 연회를 연 적이 없으니 아마 그럴 것이다. 내 말이 틀렸느냐?"

"옳습니다."

"앞으로 너는 술 따르는 자리 따위 나오지 말아라. 알겠느냐?"

"알겠습니다."

"심 부인에게도 단단히 일러두마. 너는 시시한 연회 시중을 들 그릇이 아니다. 훗날 네 정조가 크게 쓰일 일이 있을 것이다."

그렇게 말씀하시고 아버지는 내가 미처 채우지 못한 잔에 남은 술을 핥듯이 드셨다. 내게는 술을 따를 정신이 없었는데, 방금 술을 따르지 말라 하신 분이 다름 아닌 아버지 당신이셨기 때문인지, 아버지는 딱히 나를 혼내지 않으셨다.

"무슨 근심이라도 있느냐?"

"아닙니다……."

"네 어찌 내 눈을 속이려 하느냐. 보기에는 투박한 사내일지라도 황상 폐하며 십상시며 백관 사이에서 눈치만 늘어온 몸이란다. 할 말이 있거든 해보아라."

하지만 아버지는 지난 여러 해 동안 내가 거짓으로 고한 나의 신분을 믿어오지 않았나요. 그리도 눈치가 빠르다는 분께서 말입니다. 그렇게 대꾸하고 싶은 심정도 불쑥 일어섰지만, 아버지께 더는 거짓말하고 싶지 않다는 마음이 그보다 컸다.

"말씀대로 소녀는 아직 남자를 모르오나……."

"그러나?"

"여자와 그러는 것은 정조와 상관이 없는지요."

술잔을 쥔 아버지의 손에 힘이 들어가는 것이 보였다. 손등에서 뼈와 힘줄이 일어서는 것이. 나는 내 손으로 눈길을 옮겼다. 내 것은 물론이려니와 가기들의, 여자들의 손에서는 좀체 보이지 않는 것이었다.

화를 내실 줄 알았던 아버지는 돌연 너털웃음을 터뜨리셨다.

"너희끼리 그런 장난을 치느냐? 좋구나. 몸을 더럽히지는 않고 여인으로서의 기쁨만 아는 방법이 아니겠느냐. 다들 쉬쉬한다마는 황궁에서도 미인이나 귀인 들이 종종 그렇게 몸을 풀기도 한다더구나."

나는 속으로 긴 한숨을 내쉬었다. 이 일로 혼나지는 않겠구나. 이 일이 아버지를 실망시키지는 않는구나.

기분이 좋아지셨는지 아버지는 노래를 부르셨다. 그 모습이 경망스럽거나 못나 보이지가 않아서 나는 막막했다. 첫 술시중을 마쳐갈 무렵 아버지는 내게 시종을 불러달라 청하시고 등 돌린 내게 들릴락 말락 한 소리로 말씀하셨다.

해가 떨어졌는데 어찌 달도 없느냐.

본래 사합원이란 작은 나라와 같다. 대문은 국경과 같고 전원前園을 지나 다다르는 수화문은 성문과 같은 것이다. 성문은 우두머리의 처소로 곧게 이어진다. 즉 수화문과 마주 보는 정방에 거하는 이가 이 작은 나라의 왕이라 할 수 있었다. 우리가 사는 소사합은 작은 나라 속의 더 작은 나라. 나무 열매를 가르면 나오는 씨방, 씨방을 깨끗이 자르면 나오는 더 작은 씨앗. 그것이 우리였다. 가기의 무리였다. 그렇게 작은 우리에게도, 우리만의 법도는 있었다.

"너 아직도 모르겠니?"

방으로 돌아갔을 때 자고 있으려니 했던 도화는 뜬눈으로 나를 기다리고 있었다.

"네가 아버지라고 부르는 그 사람은 네가 되고 싶은 거야."

화장을 지우고 자리에 누운 후에 내가 아버지와 나눈 대화를 들려주자 도화는 그렇게 말했다.

"고작 그건 아닐 거야. 아버지께서 내게 술 따위 따를 것 없다고 하신 까닭이."

"당연히 아니겠지. 너희 아버지는 이게 달려 있으면 어떤 사내든 무릎 꿇릴 수 있다고 믿는 사람이야."

도화는 내 샅 앞에 튀어나온 살 둔덕을 툭 치면서 퉁명스럽게 말했다.

"네 정조 같은 게, 계집애 하나의 정조 따위가 삼공구경이나 되는 대단한 어르신한테 뭐가 그리도 중하겠어. 자기 것이라고 여기니까 그런 말을 하지."

도화가 그렇듯 심술궂게 말하는데도 나는 전혀 불쾌하지 않았다. 가슴이 두근거릴 뿐이었다. 그렇고말고, 내 정조는 아버지의 것이다. 그것 말고도 무엇이든 나는 아버지가 달라는 대로 드릴 것이다. 왜냐하면 나는 아버지의 것이니까. 아버지가 내 목숨을 살려주셨으니까.

"아무한테도 하지 마, 너희 아버지가 했다는 말."

"왜? 어차피 심 부인께서 일러주실 텐데."

"너희 아버지가 널 그렇게 아끼신다는 걸 아무한테도 들키지 말라고."

"왜?"

"틀림없이 미움을 살 테니까."

그건 왜지? 모두 아버지를 애모하기 때문인가? 아버지에게 불경한 마음을 품고 있는 이가 나만이 아니란 말인가?

알았다는 대답을 하기도 전에 도화는 잠들어버렸다. 내게 늘 욕을 하고 화를 내는 아이인데도 자는 모습을 보니 안쓰럽고 귀여웠다. 곤했을 테지. 한참 나를 기다렸을 터이니. 날이 저물고도 한참은 지나서야 시작된, 연회 같지도 않았던 연회에서 물러나고도 몇 식경이나. 나는 쉬이 잠들 수 없었다. 달도 없어 어두웠고, 어두웠기에 아버지의 말씀이 자꾸 떠올랐다. 아버지는 달조차 나를 보고 숨는구나 여길 만큼 내가 곱다고 하셨다. 기쁨으로 가슴 깊은 곳에서 빛이 새어나올 것 같았고 그 열기에 목이 자꾸 타는 듯했다. 무릇 애모하는 마음이란 그렇게도 몸에 나쁜 것이었다.

이튿날은 시끌시끌한 기척 속에 깨어났다. 내다보니 시종 차림을 한 남자 몇이 감히 가기들만 기거하는 소사합 내원에 들어와 있었다. 한 사람이 심 부인과 마주하고 있고 심 부인이 딱히 목청을 높이지 않는 것으로 보아 미리 이야기가 된 일인 듯싶었다. 도화가 밖에서 들어오며 내게 말을 전했다.

"너를 데리러 왔대."

나를?

굳이 꾸물거릴 것 없어 간단하게 채비하고 그들을 따라 소사합을 나섰다. 내원을 가로질러 아버지께서 거하시는 본사합의 좌상방에 다다랐다.

"오늘부터 아씨는 여기서 지내시라는 주인어른의 말씀이

있었습니다."

혼란스러웠다. 상방에 기거한다는 것은 정방의 주인과 친인척 관계가 있다는 의미였다. 나는 아버지의 딸이었다가, 가기였다가, 다시 딸이 되는 것인가. 고작 삼사백여 보 남짓한 거리를 오락가락하는 것으로 그런 일이 이루어지는가.

아버지의 뜻을 거스를 이유가 없으므로 나는 좌상방에 들어섰다. 그날로부터 가기들을 다시 볼 일은 없게 되었다. 소우상방에 살던 이들은 물론 소좌상방에 살던 또래들, 같은 방을 쓰던 도화까지도.

겨울 어느 날 바람을 쐬러 후원으로 나가다가 내가 그랬듯 남자 종들에게 둘러싸여 소사합을 나오는 가기 하나를 보았다. 키가 남자 못지않게 큰 것을 보니 무원이었다. 무원과는 그다지 이야기를 나눠본 적이 없었지만 몇 달 만에야 가기들 중 하나라도 보는 것이 반갑고 기꺼워 한달음에 그리로 달려갔다.

"너……?"

무원은 내가 그를 반가워하듯 나를 보고 기뻐하는 기색이 없었다. 그야 예주에서처럼 지난 몇 달간 변변한 또래 말동무 하나 없이 지내던 나와 달리 무원은 계속 다른 가기들과 지냈을 테니까. 무원에게 나는 딱히 가깝게 지낸 적 없는 또래 중 하나겠지만 내게 무원은 그리운 이들 가운데 하나였다. 그렇기에 나는 무원에게 스스럼없이 물을 수 있었다.

"다들 어떻게 지내고 있어?"

"다들이라니?"

"금아, 춘우, 진매…… 그리고 도화."

나는 무원의 되물음이 이상해 웃으며 이름 하나에 손가락 하나씩을 접으며 읊었다. 무원은 측은하다는 듯한 표정을 지으며 고개를 저었다.

"너 전혀 알지 못하였구나. 전부 뿔뿔이 흩어졌단다. 내가 마지막이야."

"흩어지다니?"

반갑고 설레던 마음이 철렁 가라앉았다. 무원은 씁쓸하게 웃음 지었다.

"계집들끼리 몸을 섞으며 못된 장난을 치다 들켰으니 어찌 되었겠니. 어르신의 객들께서 누가 마음에 든다 하면 그 집에 보내고, 수소문하여 어느 집에서 셋째, 넷째 부인 구한다더라 하면 또 그리 보내고, 그렇게 다 뿔뿔이 흩어졌다."

너무 놀라 내가 얼른 답하지 못하자 무원이 물었다.

"우리는 너도 그렇게 간 줄로 알았는데 네 어찌 여기에 있니?"

역시 나는 대꾸할 수 없는 물음이었다.

"너였구나."

내가 머뭇거리는 사이 무원은 점차 눈썹 사이를 사납게 일그러뜨렸다.

"네가 다 고해바쳤구나. 어떻게 들켰는고 했더니 너였어. 그러니 너만 이 집에 남은 거겠지. 다시 왕씨의 양녀가 되고 말이야."

무원의 책망이 그에 이르러서야 나는 간절히 도화가 그리워졌다.

아아, 도화는 아무에게도 말하지 않았구나.

체향이 좋아 도화라 이름 지어진 그 애는 우리 가기들 중 입이 가장 무거운 아이이기도 했다. 내가 멋모르고 저들을 뿔뿔이 흩어놓을 실언을 한 것을 그 애는 알았을 텐데, 누구에게도 말하지 않고 떠난 모양이구나.

"왜 그랬니?"

무원은 바짝 좁혔던 눈썹 사이를 한풀 누그러뜨리며 말했다. 이제는 분을 내도 소용이 없어 그런다는 것을 알기에 내 속은 도리어 더욱 졸아들었다.

"아무리 가축처럼 갇혀서 사는 처지라지만 적어도 같은 우리에 갇혀 있어야 서로 살이나마 핥아줄 수 있지 않겠니."

무원은 애초부터 대답은 궁금하지 않았다는 듯 종들을 재촉해 나아갔다. 몇 발짝인가 그 무리를 따라가다 멈춘 나는 내원 저편에서 가마에 오르는 무원의 모습을 볼 수 있었다.

하여 가기들의 법도는 실로 가기들만의 법도에 불과했다.

계집들끼리 아무리 지엄한 법도를 정하여 서로 단단히 지키고 있었다 한들 소사합 바깥에서는 모래처럼 흙먼지처럼 스러지는 것이었다. 빈 소사합은 이제 어찌 되는 것일까. 심 부인이 거길 지키고 있을까. 다시 오갈 곳 없고 세상모르는 어린 여자애들이 그곳을 채우게 될까. 심 부인이 떠나거나 죽으면 나는 심 부인의 뒤를 이어 그 애들을 기르게 될까. 이번에는 서로 살을 핥지 못하게 감시하면서.

그보다, 기껏 모은 가기들을 남의 집 선물로 다 보내시고 나만 남긴 아버지의 내심은 대체 무엇일까.

나를 도대체 어디에 쓰시려고 나만 남겨두신 걸까.

봉선

가기들이 더는 없는데도 아버지는 종종 연회를 베푸셨고, 그럴 때면 나는 정방으로 나가지는 않았지만 좌상방 끄트머리에 서서 지나가는 객들을 지켜보았다. 저분은 종정宗正이십니다. 저분은 대사농大司農이십니다. 저분은……. 타고나기를 사람의 얼굴을 제대로 외지 못하는 내가 그것으로 객들의 신상을 익힐 수 있을 턱은 없었다. 아버지를 비롯한 백관이 퇴궐하는 저녁 어스름, 먼발치에서 건너다보는 얼굴들은 작고 흐릿하기 짝이 없었고, 한 사람 한 사람 지나갈 때마다 몸종이 빠르게 속삭이는 소리로 그 얼굴들을 구분하라니 말도 안 되는 소리 같았다. 그렇지만 정방에 드나드는 객들의 신분과 생김새를 잘 기억해두어야 한다는 것이 아버지의 명이었다. 적어도 내가 얼마나 애쓰고 있는가를 아버지께 보여드리고 싶어서, 그러다 아버지와 눈이 마주칠 수도 있다 믿어서 나는 하염없이 그 자리에 서 있곤 했다.

"저 사람은 누구지?"

문득 풍채가 다른 이들의 두 배는 될 듯한 거한을 발견하고 나는 물었다. 그 정도로 눈에 띄는 사람이라면 외기 싫어도 욀 수밖에 없으리라 생각해서였다. 몸종은 빠르게 답했다. 예, 저 이는 중랑장 여씨로 동 태사太師의 심복 노릇을 하는 이라 전합 니다.

태사의 심복이라.

거한은 정방에 들어간 지 얼마 되지 않아 도로 나왔다. 아직 정방으로 들어가는 이들의 행렬이 끊이지 않은 채였고 그들과 어깨를 부딪쳐가며 행렬을 거스르는 거한은 멀리서 보기에도 화가 단단히 난 듯했다. 내원을 향해 걷던 그가 정방을 향해 돌 아서자, 그의 성난 눈길이 내가 서 있는 방향을 훑고 지나갔다. 등불을 홱 하고 휘두른 것처럼 눈빛이 형형했다. 나를 보았을 까. 놀라서 가슴 졸이는 나를, 거한은 역시 발견하지 못했는지 정방을 향해 큰 소리로 욕지거리를 할 뿐이었다. 이윽고 그는 씩씩대며 수화문을 나섰다. 나는 몸종의 귀를 당겨 일렀다.

"어찌 된 일인지 알아봐 오렴."

천자가 바뀌면서 아버지는 사도司徒가 되셨다. 구경에서 삼 공으로 다시 한번 도약하신 것이었다. 삼공이라면 이제 신臣으 로서 이를 수 있는 정점에 다다르신 셈. 아버지께서 마침내 황 상으로부터 초선관을 하사받으셨다. 드디어 내가 내 이름에 걸맞은 일을 할 수 있게 되었는데, 어찌 된 셈인지 아버지는 내게 관모를 맡기지 않으셨다. 초선관을 만지게 해주시기는커녕 이런저런 크고 작은 하명마저도 몸종들을 거치셨다. 나는 좌상방 끄트머리에서 아버지가 입궐 차, 퇴궐 차 드나드는 모습을 어쩌다 한 번씩 목격할 따름이었다. 내가 아니면 도대체 누가 그 일을 하고 있는 것일까. 나는 내게 아버지의 말씀을 전하는 몸종들에게 은밀한 시기를 느끼고 있었다. 너지? 너냐? 네가 내 아버지의 초선관을 돌보느냐?

어쩌면 아버지는 기다리고 계신 것일지도 모른다고 나는 생각했다. 아버지도 아버지의 이름에 걸맞은 자리에 오르기를. 자사라는 이름에 맞게 천자의 스승이 되어, 그때 받을 초선관이야말로 이 초선에게 맡기시려는 게 아닐까. 물론 이는 아무 근거가 없는 나의 희망이었지만 이 희망이 아니고서는 당장의 처사를 납득할 수 없었다.

태사라는 자리가 그러했다.

천하에서 가장 큰[太] 이를 가르치는 이[師]가 된다는 것. 실권의 영역이 애매하여 벼슬이랄 수도 없는 그 관직은 황상이 임명하고 황상의 아래에 있되, 황상의 스승이므로 황상보다 높기도 한 것이었다. 삼공의 하나가 되신 지금, 더 높아질 것도 없는 이제, 조금만 더 욕심을 부려보자면 아버지께 어울리는 진정한 칭호는 태사 자리에 있었다.

몸종이 곧 돌아와 전했다. 중랑장 여씨는 저 유명한 왕 사도의 연회에 한 자리 끼어보려 하였지만, 송구하나 초대하지 않은 이는 들일 수 없다는 말에 욕하며 떠났다고.

"천하의 태사씩이나 되는 사람의 심복이 참 품위가 없구나."

몸종은 맞장구를 쳤고 나는 떠나간 거한과 동씨 성 가진 태사 모두에게 호기심을 느꼈다. 정방으로 향하는 객들의 행렬이 끝나자 이번에는 주안상을 든 종들의 행렬이 이어졌다. 정방이 왁자해지는 소리를 뒤로하고 나는 내 침소로 돌아갔다.

정월에 연호가 바뀌어 초평初平 원년이 되었다.

필부가 어찌 천자의 뜻을 알겠는가마는 이 나라가 세워지고 처음 있는 화평을 기려, 혹은 바라 지은 연호련만, 개원한 지 얼마 지나지도 않아 동 태사가 원씨 집안 멸살을 명하였다는 소식이 들려왔다. 역적 동중영을 토벌하고자 온 나라의 영웅들이 연맹하여 낙양으로 진군하였고 그 무리를 이끄는 맹주가 원소라고 하였다.

원소, 원본초라면 사합원 밖으로 한 발짝도 디뎌본 바 없는 나도 이름을 아는 유명인이었다. 안다뿐인가, 아버지께 신분이 다 무엇이냐 여쭈며 나를 그에 빗댄 적도 있건만. 원본초의 천한 어미가 이 일로 목숨을 거두었다. 동 태사가 이를 두고 원가는 명문이라 삼년상을 꼭 치른다지 않았느냐 조롱했다는 소문이 퍼졌다.

소문.

소문이라면 동 태사가 선제를 시해하였다는 소문도 있었다. 낙양 한복판 명문가의 사합원에서 불길이 일어나 연기가 멀리 퍼진 것은 나도 보았다. 그것이 원가에 난리가 났다는 증거라고는 할 수 없겠지만, 아버지께서 퇴궐도 제때 못하시고 밤낮 바쁘신 것을 보아 큰일이 일어난 것은 맞는 듯했다.

맹주 원본초는 친한 생모의 삼년상을 치르지 않았고 연맹한 영웅들은 동 씨의 목으로 원가의 원수를 갚겠다고 천명했다.

부러 알아보지 않아도 귀에 들어오는 일들이 있다. 태사 동 씨의 인물 됨이 그러했다. 이름 탁, 자는 중영. 양주 태생. 한미한 군벌 출신이나 십상시 장양 등이 선제를 납거하는 대역을 저질렀을 때에 그 일을 해결한 바가 있다 하였다. 황실 앞에 큰 공을 세워 보인 것은 물론이나 실권을 장악하고자 제가 구한 선제를 제멋대로 폐위하고 선제의 동생을 새 천자로 옹립하는 등의 패악도 자행하였다. 선제의 은인을 자처하며 저 스스로 태사의 관을 찾아 쓰고는 그 권세로 선제를 몰아낸 것이었다.

낙양 백성들은 물론이고 어느 시골 오척지동五尺之童일지라도 동 태사라면 치를 떨 것이라고 몸종들은 입을 모았다. 황실에 저지른 죄 때문에? 그도 그렇거니와 그보다는 실로 심한 폭정 때문에. 내지 않아도 될 세금을 걷었고 신분도 혼인 여부도 가리지 않고 여자들을 겁탈했으며 항거하는 자는 죽이거나 노예로 삼거나 팔아치웠다. 더는 사병이랄 수도 없는 규모의 군사가 동씨의 소유여서 누구도 함부로 맞설 수 없었다. 양주에서 이끌어온 원래의 군세에, 선제 납거 사건이 있기 직전 서거한 하진 장군의 금군까지 흡수하였기에, 동씨 집인이 황실보다도 군량을 많이 쓴다는 이야기가 나올 지경이었다.

그렇군. 시골 어린애라도 알 만한 인물을 나는 몰랐구나. 소사합을 나오고 보니 나야말로 아무것도 모르는 어린아이처럼 느껴졌다. 이런 일들을 몰라도 되었고 몰라야 했던 소사합에서 살던 시절이 한낮의 몽상처럼 덧없게만 느껴졌다.

아버지를 사도에 임명한 것도 다름 아닌 동 태사라 하였다. 문관도 아니고 낙양 태생도 아닌 그가 문무백관의 불만을 잠재우고 나라를 다스리는 흉내라도 내려면 곁에 제대로 된 관리를 두지 않을 수 없었으리라. 그렇다면 그는 그리 어리석지 않은 인물일 거라 나는 생각했다. 물론 관직 이름에 걸맞게 천자를 가르칠 만큼 지혜로운 인물도 아니겠지만.

그런 자리에 어울리는 사람을 나는 단 하나만 알고 있었다.

달이 사위었다가 다시 여물어갈 무렵 일전에 연회에 들지 못하고 쫓겨났던 거한이 찾아왔다. 날은 아직 밝아 아버지가 퇴궐하시기 전이었고 나는 후원을 거닐다 그가 온 것을 알았다. 여종 하나가 와서 그가 떠났다는 연락이 오기 전까지는 후원에 머물러 계시라 귀띔하였으나 그는 곧장 후원으로 걸어들어왔다. 마치 나를 찾고 있었던 것처럼.

왕씨가 된 이후로 신분이 나와 같거나 나보다 높은 남자와 마주 본 것은 아버지 이후 그것이 처음이었다.

"사도 왕자사의 딸 초선이 초면의 영웅께 인사드리나이다."

인사하거나 이름을 밝히는 것은 남자가 먼저 하는 일이라고 배웠으나 거한이 나를 빤히 들여다보기만 하기에 어쩔 수 없이 내가 먼저 공수하였다. 소매로 얼굴을 가리기에는 이미 늦어 있었고 손에 무엇 하나 쥐고 있지 않은 참이어서 난처했다.

"그대인가."

거한은 제 이름이나 신분을 밝히기보다 그런 아무 뜻 없는 말부터 했다. 알지도 못하는 사람에게 그대인가, 라니.

"송구하나 소인을 알고 계신지요……."

"소문에 왕윤이 웬 미인을 꼭 쥐고 내놓지 않는다고 하던데, 처첩이 아니라 딸이었나."

그렇군, 내가 소문으로 바깥 동태를 들어 알듯 바깥에 내 소문이 날 수도 있구나. 말 두어 마디를 나누었을 뿐인데 목이 바싹바싹 마르고 손바닥이 갈라지는 듯한 느낌이 들었다. 서로 대화를 나누고 있다기보다는 내가 그에게 일방적으로 취조를 당하는 듯했다.

"다른 가솔은 없나?"

"아버지와 저뿐, 나머지는 전부 집에서 부리는 종입니다."

"그렇군."

거한이 휙 돌아서자 그의 머리에 쓴 자금관의 긴 깃털이 날

카로운 호를 그리며 내 이마를 쓸었다. 잘 알지 못하는 남자와 그렇게도 가까이 서 있었다는 것이 뒤늦게 부끄러워졌고, 나의 부끄러움과는 아무 상관도 없이 묵직한 쇠붙이 냄새 같은 것이 내 얼굴 앞에 남았다.

"따라오라."

"외람되오나……."

내가 말하자 그가 다시 돌아섰다. 자금관에 달린 길고 화려한 무늬의 새 깃이 또다시 너울대며 그의 등 뒤로 넘어갔다.

"영웅께서는 누구시기에 저희 아버지를 운운하며 소인을 오라 가라 하십니까? 소인은 아버지의 명이 아니면 움직일 수 없사오되, 아버지는 여기 계시지 않습니다."

"말끝마다 아버지, 아버지."

거한은 피식 웃으며 나를 조롱했다.

"그렇게 아버지가 좋은가?"

순간적으로 소문이라는 것에 대한 두려움이 샘솟았다. 이자는 무엇을 얼마나 알고 이런 말을 하는 것인가? 왕윤의 집에 젊다 못해 어린 여인이 살고 그 여인이 제 양부를 마음에 품고 있다는 소문이 만천하에 공공연히 퍼져 있는 것인가?

"아버지 좋지, 나도 아버지 참 좋아하거든."

거한의 다음 말을 듣고서야 나는 마음을 놓았다. 그래, 그저 나오는 대로 뱉어본 말이었구나. 하기야 내가 하는 말마다 아버지, 아버지 하고 떠든 것은 사실이니.

"나만큼 아버지를 좋아하는 놈도 드물지 않겠나. 얼마나 좋으면 셋이나 되겠어."

그게 무슨 말이지 싶어 멀뚱멀뚱 보고 있자니 거한이 큰 소리로 웃음을 터뜨렸다.

"그대 정말 내가 누구인지 모르나 보군. 이름은 포, 자는 봉선. 태사 동중영의 양자 여봉선이다."

동씨의 양자인데 왜 아직도 여씨란 말인가. 그리고 그런 사람이 우리 집, 나와 아버지의 집에는 왜 갑자기 쳐들어와서, 양녀라고는 하나 엄연한 명문가 여식인 나에게 함부로 말을 건네고 있단 말인가. 봉선은 갑자기 터뜨린 웃음을 또 갑자기 뚝 그쳤다.

"태사의 명을 받잡아 왔다."

설마. 설마. 동중영이 원가뿐 아니라 아무 집이나 골라 역적으로 몰아 다 죽이고 재산과 여자를 몰수한다는 소문은 익히 들은 바 있었다. 하지만 설마, 제 손으로 임명한 왕씨의 집안까지 그러려는가. 군벌을 경영하는 법이면 몰라도 나라를 다스리는 법은 모를 동 씨에게 아버지의 도움이 얼마나 절실할 터인데. 아니지, 나의 아버지께서는 워낙 성정이 곧으셔서 동 씨의 만행을 두고 볼 수 없는 분이시다. 기껏 선의를 베풀어주었더니 제 뜻을 따르지 않는다며 동 씨가 아버지를 괘씸해할 수도 있다. 바짝 말라 갈라질 듯했던 손아귀에 이제는 땀이 솟았다. 이 봉선이라는 자가 설마 우리 집안을 치려고 여기 온 것인가.

"어떤 명을 내리시더이까?"

"종들을 소집하여 짐을 싸도록 하라."

긴장하거나 겁먹은 내색을 않으려 애쓰며 내가 묻자 봉선은 간단히 답했다.

"황성을 장안으로 옮길 것이다. 중신들이 천자를 따르는 것은 당연하고, 중신의 가솔들도 그 뒤를 따라야 하지 않겠는가."

해가 기울 무렵 황실의 군사인지 동 씨의 사병인지 알 수 없으되 다만 무장한 병사들의 호위를 받으며 낙양성의 서문을 나섰다. 중신들은 이미 황실을 모시고 장안으로 떠났으며, 중신 집안의 남은 가솔들을 장안으로 이끄는 것이 중랑장 여봉선의 역할이라고 하였다. 나는 가마 창의 발을 걷고 고개를 내밀어보았다. 내가 탄 가마 앞뒤로 반백 명 남짓 되는 우리 집 종들과 종들이 끄는 수레들이 있었고 또 그 앞으로, 그 뒤로 다른 가마들이 있었다. 혹시나 봉선이 이주해야 한다는 말을 거짓으로 꾸며낸 것은 아닌지 걱정하면서도 감히 저항할 수 없어 시키는 대로 했으나, 불행 중 다행으로 그 말은 참인 듯했다. 어쩌면 나뿐 아니라 다른 세도 있는 집안의 가솔들도 나처럼 모두 속아 끌려 나온 것일지도 모르지만.

초선 아씨, 흙먼지가 심하게 일어나니 고개를 가마 밖으로 내밀지 마세요. 가마꾼 하나가 말했지만 나는 계속 고개를 내밀고 있었다. 봉선이 털에 붉은 윤기가 매끈하게 도는 거대한 말을 타고 있는 것이 보였다. 붉은 말에 올라탄 봉선은 행렬 뒤편에서부터 내가 탄 가마로 점점 가까워오는 참이었다. 가마꾼의 말대로 여러 사람과 우마가 발을 구르고 바퀴를 굴려 일으킨 흙먼지가 자욱했으나 여봉선의 모습은 가려지지 않았다. 말뿐 아니라 사람도 붉었다. 우리가 노을 지는 서쪽을 향해 가고 있기 때문일까. 기우는 해의 붉은빛과 마주한 채 점점 내가 탄 가마로 다가오는 봉선은 정말이지 온통 붉었다.

나는 곧 그가 탄 말의 발굽 소리가 조금 독특하다는 것을 알았다. 수백 수천의 사람이 이동하며 내는 발소리, 발굽 소리, 바퀴 소리는 흙먼지처럼 요란했고 보통 우마의 발굽 소리는 나무와 돌멩이가 부딪치는 소리처럼 탁했는데, 그가 탄 붉은 말의 발굽 소리는 쉴 새 없이 바위에 옥을 던져 깨뜨리는 소리같이 맑고 높아 소름이 돋았다. 이윽고 그 짐승은 옥 밟는 소리를 내며 내가 탄 가마에 접근했다. 그제야 나는 고개를 집어넣고 자세를 고쳐 앉았다. 가마 창의 발을 내려두었는데도 날붙이 냄새가 진동을 했다. 아니, 날붙이 냄새가 아니라 피 냄새인가. 문득 생각이 거기에 닿아 소스라치려던 찰나 봉선의 목소리가 들렸다.

"오늘 밤새 걷고 내일도 종일 걷다 내일 밤에 쉴 것이다."

나 같으면 손아귀 힘이 쑥 빠졌으련만 가마꾼들은 기특하게도 단단히 내가 탄 가마를 붙들고 있었다.

"그렇게 가면 장안까지는 얼마나 걸립니까?"

"하루 꼬박 걷는다 치면 나흘이면 가겠지."

가마 밖에서 옥이 깨지는 소리가 일정하게 들려왔다. 나는 봉선에게 말할까 말까 망설였다. 그대에게서 피비린내가 납니다. 저 멀리로 가주세요. 왜 그런 냄새가 나는 것일까. 군인이기 때문인가. 하지만 나의 아버지도 군인인데. 나는 아버지에게서 불쾌한 냄새를 맡은 적이 없었다.

"그대에게서 피 냄새가 난다."

내가 봉선에게 하려던 말을 봉선이 내게 던졌다. 나는 황당해서 가마 창의 발을 걷고 밖을 내다보았다.

"소인이 아니라 귀공에게서 나는 냄새겠지요."

"분명 이 몸에도 피 냄새는 배 있겠지만, 그대에게서도 난다. 내게서 나는 냄새와는 다른 것이다."

"무슨 말씀이신지 소인은 모르겠습니다."

몸에서 좋은 냄새가 나게 하려고 하루 종일이라고 해도 좋을 만큼 향을 피워대는데, 지금도 가슴팍에 향낭을 품고 있는데 이 무슨 실례인가. 내가 불쾌해져 창 안으로 얼굴을 집어넣자 봉선은 말했다.

"월사月事가 나오는 것 아닌가?"

나는 그 말을 듣고서야 겹겹의 옷을 걷고 헤집어보았다. 짙은 생 피 냄새가 코를 찔러 다리를 벌려보지 않아도 봉선의 말이 맞다는 것을 알 수 있었지만 나는 굳이 다리를 활짝 펼쳤다. 가랑이 사이를 내려다보니 피가 흥건했다. 진득한가 하면 미끈미끈도 하고, 뜨뜻미지근한 듯싶더니 그새 식어 척척해진 피가, 핏덩어리가 살 아래에 흘러나와 있었다.

그것이 나의 첫 월사였다.

☽

"왕공은 병주 태생이라지요?"

장안으로 이주하고서도 며칠은 더 지나, 월사가 그칠 무렵에야 아버지를 뵈었다. 여인된 몸에 대하여 아버지께 여쭈기는 곤란하겠으나 첫 월사를 제때 고하지도 치하받지도 못한 것은 다소 섭섭한 일이었다. 심정이야 그러했으되 조정을 이전하는 큰일을 맡아 그 어느 때보다도 바쁘고 고된 나날을 지내셨을 아버지의 얼굴을 막상 마주하고서는, 내가 얼마나 멋모르고 철없이 아버지를 원망하였는지 절로 깨달을 수 있었다.

그런데 여 씨는, 봉선은 어쩐 일로 왔는가. 모처럼 아버지를 독대할 기회를 어찌 이렇게 훼방 놓는가.

"그렇습니다. 기현에서 나고 자랐습니다. 나름대로 소년출세였으니 이제는 아득한 옛일이오마는 병주에서 등용되었지요."

"기현이면 태원군이구려. 나도 병주 사람입니다. 오원군 태생입니다."

봉선은 잔을 쭉 비우고 말했고 나는 곧바로 그의 잔을 채웠다.

"이리 반가울 데가."

아버지도 봉선을 향해 잔을 들어 보이신 후에 술을 자셨다. 나는 아버지와 봉선의 주안상 사이를 오락가락하며 잔을 채우고 있었다. 어째서인지는 헤아릴 수 없으나 거스를 수도 없는 아버지의 명이었다. 아버지가 여 씨를 좋게 생각할 구석이 있던가? 일전 낙양 본가에서 그를 문전박대한 적이 있지 않은가? 그러고 보면 여 씨는 어찌 염치도 원한도 없이 저를 한번 쫓아냈던 이와 잔을 섞는가?

혹 내가 따라주는 술을 받아먹으러 왔나. 내 착각이 과한가.

한동안 입맛을 다시던 봉선은 팔꿈치를 무릎에 받치고 아버지를 향해 비스듬하게 몸을 기울였다. 아버지가 아니라 그가 집주인처럼 느껴지는 자세였다.

"왕공은 언제까지 눈치를 보시려오?"

하는 말도 자세처럼 버르장머리가 없었다. 내 낯이 다 화끈거릴 만큼 모욕적이었으나 아버지는 허허 웃으셨다. 봉선은 오해하지 말라는 듯 한 손을 내저으며 덧붙였다.

"나와 동향 사람이니 더욱 미더워 드리는 말씀입니다. 아버지도 공의 재주와 도량을 믿고 있지 않습니까. 내 보기에 천하에 귀한 것이 세 가지 있는데 하나는 미인, 하나는 준마, 하나는 태사의 마음이오. 미인은 변덕스럽고 준마는 잘 나지 않는데 태사의 마음은 그 둘을 합친 것과 같아 그 무엇보다 구하기가 어렵습니다. 공께서는 앉아서 그것을 얻으셨는데 어찌 눈치만 보고 계시냐는 말입니다."

여기까지 와서 하려던 말은 그것인가?

궐내에서 아버지의 입지가 명주실로 외줄타기를 하듯 난처할 것은 자명했다. 태사 동씨의 낙양 입성부터 장안 천도에 이르기까지, 여러 무리와 세력이 차차 정리된 지금은 황상을 둘러싼 권신들의 무리가 태사 동씨와 그 나머지 전부로 나뉘어 팽팽히 대립하는 상태. 그중에서도 조정 권신들의 신의를 한 몸에 지고 있는 나의 아버지 사도 왕윤은 동 태사가 회유하고 싶은 인물로도 으뜸일 것이요, 제거하고 싶은 눈엣가시로도 손에 꼽을 것이었다.

"아직까지 마음에 망설임이 있으시다면 나를, 이 여봉선이를 보십시오. 공께서는 기주 태생이시니 더욱 잘 알 것이 아닙니까. 잘해야 흉노 용병대나 통솔하는 것이 출세의 끝이었으련만, 지금은 어떻습니까. 우리 아버지는 사람을 섭섭하게 하는 분이 아닙니다."

아버지는 한없이 어질어 보이는 웃음을 짓고 계셨다. 훨씬 젊고 남의 집에 와서까지 의기를 팔팔하게 세우고 있는 봉선과 비교하면 유약하게까지 보이는 부드러운 모습이었다.

"여 장군이 보시기에는 이 사람의 처신이 의뭉스러워 보일 만도 합니다."

잠자코 지켜만 봐야 했지만 의아한 마음을 누를 길 없었다. 왜 져주시는가. 왜 꾸짖어 깨우쳐주시지 않는가.

"다 늙어 제 몸 생각 끔찍이 하는 것이 젊은 장군 눈에는 우습겠지요. 하나 보시는 바와 같이 이 몸에게는 양녀 하나뿐, 우리 왕가를 이을 자손이 없소이다."

아버지는 팔을 들어 나를 가리키셨고 나는 고개를 조아렸다.

"다소 늦었소만 이제라도 양자를 들이는 게 좋겠지요."

봉선은 무릎에 고인 팔에 얼굴을 기대고 손가락 두어 개로 제 뺨을 쓸고 있었다. 왜 뻔한 소리를 하느냐는 듯 지루한 기색이었다.

"하나 오늘 죽을지 내일 죽을지 모르는 이 늙은이가 새로 어린아이를 데려와 기르다 무슨 변고라도 당하면 어찌 되겠습니까. 이 늙은 몸뚱이 하나 잃는 것은 서러움이 없소이다만 내가 죽으면 그것으로 멸문이나 마찬가지입니다."

"다 큰 장정을 데려와 양자 삼으면 되지 않소?"

불쑥 봉선이 끼어들었으나 아버지는 그에 딱히 답하지 않으시고 하려던 말을 이었다. 오래 생각해온 바인 듯했다.

"차선으로는 데릴사위를 들이는 법도 있습니다. 가문에서 받을 것 없으되 재주와 기상을 갖춘 아까운 영웅지재를 설득하여 왕씨를 이어줄 것을 약조 받고 우리 초선이의 배필을 삼아주는 것이지요. 이 또한 방편입니다. 하나 이 늙은이 눈에 찰 만큼 빼어난 사내가 자진하여 제 성씨를 버리려 할 턱이 없고,

양녀라고는 하나 귀하게 키운 우리 초선이를 아무하고나 짝지을 수도 없고⋯⋯."

"내가 왕씨가 되면 어떨 것 같소?"

어떻게 되기는, 여포가 왕포가 되고 여봉선이 왕봉선이 되겠지. 봉선은 덥석 끼어들었고 나는 코웃음을 참느라 고개를 숙였다. 봉선이 아버지를 또 바꾸어 이번엔 성씨마저 갈아치운다면 세상 사람들이 그를 두고 뭐라 입방아를 찧겠는가. 세상에 이렇게 우스운 청혼도 다 있군.

그건 그렇고 과연 아버지셨다. 직입하여 성급하게 정치적인 입장을 이야기하던 봉선이 에두른 혼담에 정신을 못 차리고 말려들지 않았는가. 아버지가 그런 우스꽝스러운 혼사를 진지하게 생각하실 리 없지. 재를 휘날려 연기처럼 보이게 해서 불이 났다고 믿게 하는 전법이 아닌가.

"그렇게 된다면야 그보다 더 좋은 길이 없겠소마는 어찌 그런 호사를 원하겠습니까? 저와 우리 초선이가 아무리 간구하여도 장군께는 이미 식솔이 있으니 이제 와서 성씨를 바꾸는 것도 이치에 맞지 않습니다."

아버지는 그렇게 말씀하시고 나를 내 침소로 돌려보내셨다. 과연. 마치 봉선이 아니라 나와 아버지가 안달이 난 것처럼 말하면서도 그의 뜻대로 해주지를 않는구나. 나는 감탄했으나 내가 없는 사이 봉선이 아버지를 더 조르지 않을까, 혹여 윽박질러 억지로 혼약을 받아내지는 않을까 불안하기도 했다. 살

피건대 봉선은 내가 침소로 돌아온 지 얼마 지나지 않아 내원을 나갔다.

참으로 알기 쉬운 사내였다.

장안으로부터 백 리쯤 떨어진 데에 미郿라는 고장이 있고 그곳에 오塢를 쌓는 국책이 있어 수많은 장정이 차출되었다. 아들이든 아버지든 집안의 남자를 적어도 하나씩은 보내야 한다는 황명이 있었다. 식솔 가운데 병사가 있는 집안만이 미오 축조 사업에서 공제 대상이었다. 우리 집안은 아버지가 관리이고 자식은 양녀인 나 하나뿐이어서 일꾼을 지원할 의무가 없었으나 집에서 부리는 종복 중 절반을 미로 보냈다. 국책이라고는 하나 기실 미오는 황상의 처소가 아니라 동 태사의 사유지가 될 터였고 따라서 더더욱 우리 집안이 일손을 보탤 이유가 없었으나 아버지는 굳이 그런 결정을 내리셨다. 사사로운 것을 내주고 중한 것을 지키는 결단이려니 나는 짐작했다. 아버지가 일꾼을 내주든 안 내주든 미오는 축조될 것이고, 자기 실속을 차린 태사는 이후 누가 제 결정에 반대했는지를 되짚을 것이니, 차라리 당장은 동조하는 척하는 게 이롭지 않겠는가. 알면 알수록 아버지가 처한 상황은 살얼음판처럼 위태롭게만 보였고 그 가운데에서 꼿꼿이 버티고 계신 아버지는 홀로 얼지 않고 꽃대를 올린 연蓮 같았다.

어찌 되었든지 장정이란 장정은 모조리 백 리 밖으로 몰아낸 터여서 장안은 그 자체로 거대한 흉가처럼 조용해졌다. 우리 집안이 그러했듯이. 와중에 봉선은 문 경첩이 닳도록 우리 집을 들락거리고 있었다. 낙양 인근에 원본초를 위시한 제후 연합이 진을 치고 동 태사에게 항거하고 있어 봉선은 장안과 낙양을 오가며 그들을 진압해야 했는데도 하루가 멀다 하고 얼굴을 비쳤다. 아버지가 있으면 있으니까, 없으면 기다리면 되니까 하고 핑계 김에 눌러앉는 것이 그의 수였다. 애초에 종복들이 완력으로 말릴 수 있는 사내가 아니기도 하거니와 만에 하나라도 완력이 필요한 상황이 온다 한들 힘깨나 쓸 법한 종복들은 죄다 미로 차출된 참이었다. 아버지 대신이랍시고 독대하기도 불편했으므로 나는 차츰 봉선을 피하게 되었다. 시비들에게는 내가 잔다고, 아프다고 둘러대줄 것을 명했고 후에는 그가 찾아오겠다 싶을 무렵 시비의 옷을 빌려 밖으로 나가 있기까지 했다.

봉선이 제 입으로 나를 원한다고 하지는 않았다. 아버지 또한 직접적으로는 봉선의 뜻을 수락도 거절도 하지 않았다. 그럼에도 봉선이 하고 있는 행동이 구애라는 사실을 부인할 수는 없었다. 그러면 어찌 되려는가, 나는 결국 그의 것이 될까?

"그대는 이런 곳에서 무얼 하고 있나?"

시장통에서 봉선과 마주친 것은 뜻밖의 일이었다. 성안 인구 절반이 줄었니 어쩌니 해도 시장은 시장이라 복작거렸고 시절도 시절이어서 남정네들은 찾아보기 힘든 형편이었다. 그 가운데 긴 새 깃이 너울거리는 자금관으로 제 주변에 결계를 그리는 거한이 들어서니 오며 가며 부대끼던 여인네들이 길을 터주며 구경하고 야단이었다.

"어떻게 소인을 알아보셨습니까?"

나는 얼굴에 꽁꽁 두른 두건을 조금 내려 입을 드러내고 읊조렸다. 그런데도 들리지 않는다는 듯 봉선은 내게 몸을 기울였다.

"그대에게서 좋은 냄새가 난다."

봉선의 말은 내가 한 질문에 대한 대답인지 그렇지 않은지 헷갈렸다. 나는 두건 속의 얼굴이 달아오르는 것을 느꼈다. 봉선이 내게서 냄새를 맡는다는 것을 몰라서는 아니었다. 오히려 알기 때문에, 그가 나보다 먼저 내 첫 월사를 감지한 것이 떠올랐기 때문에 수치스러웠다.

"놀리려고 소인을 찾아오셨습니까?"

"놀리다니? 찾아오다니?"

봉선은 크게 웃었다. 안 그래도 봉선을 피해 서로 몸을 포개다시피 하고 있던 여인네들은 나와 봉선을 둥글게 둘러싼 채 구경거리 삼고 있었다.

"일단 가지. 이런 곳에서 구경거리가 되느니보다는 나와 단둘이 걷는 것이 그대에게도 차라리 나을 것이다."

여종의 옷을 입어 평범한 여인인 내가 구경거리가 된 것은 당신 때문이 아닙니까. 이렇게 눈에 띄는 거한인 당신 때문. 나는 그렇게 말하지 않고 잠자코 봉선을 따랐다.

시장통을 벗어나 집까지 걷는 동안에는 나도 봉선도 별다른 말을 하지 않았다. 나는 다만 봉선이 내 불안의 냄새를 맡고 있을까 궁금했다. 봉선은 내가 저를 피해 밖으로 나왔다는 것을 알고 있을까. 시비들을 윽박질러 억지로 옷을 빌려 입고 나온 것이어서 아버지께도 이 일은 비밀이라는 것을 알고 있을까. 어째서인지 그와 함께 걷는 것이 싫지는 않다는 것을 눈치채고 있을까.

이상했다.

나는 아버지 말고는 어떤 사내에게도 연심을 느낄 수 없을 줄 알았고 우연히 그와 마주치기 전까지 내 믿음은 내내 옳았다. 봉선에 대한 내 감상이 돌연히 전면 변모한 것까지는 아니었지만, 그를 피해 나온 곳에서 또다시 그를 만났다는 사실이 나를 혼란스럽게 했다.

"부디 아버지께는 이 일을 고하지 말아주십시오."

"사내가 되어서 아녀자 행동거지를 가지고 미주알고주알 일러바치는 게 옳겠나?"

후문 앞에 이르러 봉선에게 간청하자 봉선은 코웃음을 쳤다.

"하나 아무렇게나 돌아다니지는 말아. 장안에 젊은 남자 씨가 말랐다지만 전부는 아니야. 남아 있는 놈들은 모두 군인이다. 나 같은 놈을 조심하란 말이다."

그리 다정하지는 않으나 실용적인 조언이었다. 내가 봉선에게는 기대한 적 없었던. 하여 나는 조금 웃어주었다. 내 웃음을 그가 포상으로 여기기를 바라면서.

"장군 같은 사람이 어떤 사람입니까?"

"나는 냄새를 잘 맡는다. 좋은 냄새가 나는 사냥감은 끝까지 추격하지."

영특하다고는 못하겠으나 의리가 있고 짐승처럼 날 선 감각이 있는…… 빗대자면 늑대와 같고 개와도 같은 사내였다. 나는 자금관 깃털을 흔들며 멀어져가는 봉선의 뒷모습을 한참 보다가 집 안에 들어섰다. 아버지는 아직 아니 계셨고, 내게 옷을 빌려주었던 시비가 벌벌 떨며 실토했다. 여 장군이 하도 욱

박질러 아씨는 밖에 나가셨다고 전했음을.

결국 내 말이 맞았잖아?

나를 굳이 찾아왔던 것도 맞고 그래서 나를 놀린 것도 맞았잖아. 여봉선, 이 여우 같으니. 황당하고 우스웠지만 전처럼 싫게만 느껴지지는 않았다. 호감이란 그래서 무서운 것이었다. 똑같은 행동을 해도 이전처럼 정확하게는 판단할 수 없게 되므로. 천하제일의 무인이요, 잔학무도한 동 씨의 수하 중에서도 으뜸가는 망나니라는 여봉선이 내게는 강아지처럼 느껴졌다. 흔들리는 자금관 깃털은 그가 본심을 감추지 못하고 흔드는 두 갈래의 꼬리처럼 우습고 귀여웠다.

내 심상의 변모와 다르게 아버지는 요지부동이셨다. 하기사 나의 심상이 어떻든 중요한 것은 아버지의 허락 여부였고 봉선도 그것을 깨달아가는 듯했다. 전황이 심화되어서인지 우리 집을 찾던 봉선의 발길은 차츰 뜸해졌는데, 대신에 정확히 아버지가 계실 때에만 찾아오게 된 것이다.

이런 식이다. 덩치가 한참은 더 큰 봉선이 아버지 앞에서 할 말도 눈 둘 곳도 모르고 머뭇거린다. 아버지는 그저 온화하게 한마디만 하신다.

"왕씨가 되기로 태사께 허락을 받으셨습니까?"

며칠 지나 봉선이 잔뜩 골이 난 얼굴로 또 찾아오면 그때에도 할 말이 있다.

"왕씨는 안 하셔도 좋습니다."

단순한 봉선은 아버지가 큰 호의라도 베풀듯 하는 말을 듣고 만면에 화색을 띤다. 애초 갑자기 왕씨를 이어달라는 청부터가 무리였다는 것은 떠올리지 못하고.

"그렇지만 우리 초선이가 장군께 가면 둘째 부인이 아닙니까? 비록 친자식은 아니라도 금이야 옥이야 기른 딸입니다. 황실로 보내지는 못할망정 정실도 못 되는 것은 이 늙은이 가슴이 미어질 일이지요."

봉선은 며칠 발길을 끊었다가 돌아온다. 그러면 아버지는 처음부터 다시 물으신다. 이제는 왕씨가 되시렵니까? 하고.

"언제까지 여 장군을 놀리려고 그러십니까?"

예전 낙양에서 그랬듯, 또한 구애를 시작한 이후에 내내 그랬듯 봉선은 씩씩대며 떠났고 나는 그가 나가는 것을 확인한 후에야 아버지가 계신 정방에 찾아가 물었다. 아버지는 피로하신 듯, 그러나 봉선을 데리고 노는 것이 심심치는 않으셨던 듯 만족스러운 미소를 띠고 계셨다.

"놀리다니 무슨 말이냐? 하나뿐인 딸의 거취를 어쩔 것인지 아비로서 신중할 따름인데."

하나뿐인 딸이라. 봉선이 구애를 시작할 무렵부터 들어온 우리 초선이,라는 이르심처럼 간지럽고 이상한 말씀이었다. 하지만 그 말에 나는 속을 수가 없었다. 봉선은 속을지라도 딸이었다가, 가기였다가, 다시 얼렁뚱땅 상방으로 거처를 옮긴 내가 속을 수는 없었다. 아버지는 수염을 쓰다듬으시며 말씀하셨다.

"내게 다 생각이 있단다."

"여 장군에게 보낼 생각이 없으신 것은 알겠습니다."

아버지는 자리에서 일어나 후원 쪽으로 난 창 앞에 서셨다. 내게 등 돌린 채 뒷짐을 진 아버지가 지금 어떤 표정을 짓고 계실지 알고 싶었다.

"곧 태사가 장안에 온단다."

얼굴을 보여주지 않는 아버지의 심정을 헤아리려면 목소리를 더욱 귀 기울여 들어야 했다. 아버지는 떨고 계셨다. 힘이 없어서나 겁이 나서가 아니라 도리어 너무 힘을 줘서, 이를 악물었기 때문에 목소리가 떨렸다.

"동 씨는 미오가 완공되는 대로 장안에 당도할 것이다. 그 시일이 얼마 남지 않았단 말이다. 미오는 다른 어느 성채보다도 방어에 유리하고 동 씨의 그 어마어마한 재산도 이미 다 그리 옮겨두었으니 유사시에는 거기서 기어나오지도 않으려 할 것이다."

미오의 완공으로 동 씨는 불멸에 한 보 가까워졌다는 말씀이었다. 그럼에도 아버지는 동 씨를 무너뜨리는 수를 기획하고 계시다는 말씀이기도 했다.

"얼마간 여 씨가 바라는 대로 행세해주어도 좋지만 무슨 일이 있어도 정조는 주지 말아라."

그 말씀인즉 내 정조가 쓰일 곳은 따로 있다는 것이렷다. 아마도 정조를 줘서는 안 되는 여 씨, 그 전에 말한 사람이 내 정조를 취해야 할 자겠지. 마침내 아버지는 나를 향해 몸을 돌리셨다.

"그럴 수 있겠느냐?"

아버지는 후원으로 난 창에서 든 빛과 실내의 어둠을 반씩 몸에 지고 계셨다. 나는 아버지께서 비단 봉선과의 관계에서 내 몸을 지킬 수 있는지만을 묻는 것이 아니심을 알았다. 정조를 엉뚱한 자에게 주지 않고 필요한 곳에 써서 아버지의 계책에 보탬을 줄 수 있는지 묻고 계신 것이었다.

"뜻대로 하겠나이다."

나는 공수하며 고개를 조아렸다. 아버지가 웃으시기를 바랐으나 웃음소리는 들리지 않았다.

중영

내 눈으로 본 사람 가운데 가장 하늘에 가까운 사람은 동중영이었다.

상국 동탁이 어떤 사람이더냐고 누가 내게 물으면 나는 그리 답하곤 했다. 그러면 상대는 고개를 끄덕인다. 그렇지, 천자를 늘 가까이 두고 손아귀 속 놀잇감마냥 쥐락펴락하는 그자의 권세는 과연…… 그런 식의 납득이다. 하지만 나는 그런 뜻으로 말한 게 아니었다. 하늘에는 마음이 없고, 동중영도 그러했다.

그보다 더 담백하게 동중영에 대해 말할 길이 있으랴.

동중영에게는 사람다운 마음이 거의 없었다. 잃으면 애타고 잊히면 서럽고, 뒤처지면 분하고 이기면 양양하며 들키면 민망한, 사람이라면 누구나 느끼고 품을 법한 마음이 온통 미미했다. 어쩌면 그래서인가, 그가 나를 귀여워한 것은. 그가 그렇듯 나에게도 어딘지 결여된 바가 있다는 것을 알아봄이 아닐런가.

돌이키건대 예전 나의 종이 죽기 전 저주했던 것처럼 나는 이제 지아비를 둘도 아니라 셋이나 모신 천하의 음녀가 되었고, 나와 이어진 남자들은 모두 얼마간 나와 닮아 있었다.

그런 것을 하늘의 뜻이라 부르지는 못하겠다.

☾

　세간 사람들이 알지 못하되 나만은 알고 있는 동중영에 대
해서라면 할 이야기가 적지 않다. 그중 하나. 동중영은 목소리
가 좋았다. 내가 아는 이들 가운데 그가 으뜸인 바는 하늘에 가
까운 무심도 있었으나 낮고 울림이 풍요하여 귀를 편하게 하
는 음성도 있었다. 종종 무도하다 못해 황당하기까지 한 명을
내리는 그가 초기에 어떻게 제 수하를 모으고 그들의 마음을
얻었겠는가. 그가 내리는 명의 내용은 귀를 의심하게 할지언
정 그 뜻을 담은 소리는 듣기에 좋았다. 중영의 곁에 머문 길지
않은 세월 동안 나는 그의 부하 장수들이 존명을 외치고 돌아
서서는 몇 걸음 못 가 멈추어 고개를 갸웃거리는 꼴을 몇 번이
고 보았다.

　또 하나. 동중영의 몸은 천하에 둘도 없이 비대하기로 소문
이 나 있고 그것은 대개 목격담이었으나, 갑주를 모두 벗은 그
의 몸집은 그 절반에 지나지 않았다. 그는 갑주 아래 관복을 입

고 그 아래에 또 다른 갑주를 입었다. 겉에 껴입은 갑주보다 속에 받쳐 입은 갑주가 훨씬 두터웠다. 그렇다고 그가 늘씬했다는 것은 아니다. 침상에 누워 있는 그는 성벽처럼 높아 그 몸 위로 올라가거나 자리를 바꾸자면 실로 기어서 언덕을 넘는 듯한 기분이 들었다. 배도 배려니와 젖이 유달리 컸고, 그래서인지 자기가 위로 올라가는 것보다 내가 위로 올라가는 편을 좋아했다. 갑주를 벗은 몸으로 크게 움직이면 젖이 젖끼리 부딪치니까.

또 무엇이 있을까. 의외로 그는 세간을 늘리는 것에 관심이 없었다는 것. 동중영은 오로지 최고만을 취했다. 전리로 취한 것 대부분은 측근에게 나누어주며 환심을 사되 단 한 가지, 가장 귀한 것은 자기 몫으로 남겼다. 그가 미오에 축재한 재산이 어마어마한 것은 잘 알려져 있으나 그는 양을 따진 것이 아니었다. 최고의 부호가 되고 싶었던 것이다. 만일 천하의 모든 사람이 모두 은을 한 닢씩만 가지고 있다면 그는 두 닢으로 만족했을 것이다. 또 무엇을 말할까. 동중영은 확실하지 않은 것은 없는 것으로 친다. 오로지 제 눈으로 본 것만을 실제 일어난 일로 여긴다. 그가 자신의 눈을 대신할 만큼 신임하는 이는 거의 없다. 개와 같은 봉선은 그에게 진실로 충직하였으나 그조차도 중영의 전적인 신임은 얻지 못했다. 또. 또 무언가. 그가 좋아하는 가락. 선호하는 향. 먹는 것, 먹지 않는 것. 별난 면이 특히 유별날 뿐 그렇게까지 이상한 사람은 아니었다. 마지막으로는 늘 같은 것을 생각하게 된다.

중영이 나를 애모하였는가에 대해서.

장안에 온 동중영은 더는 태사가 아니었다. 상국이었다. 본디 관직명만 있고 임명하는 이 없이 비워두는 자리로서 그만큼 높은 벼슬이며 그렇기에 권한도 천자와 같다 하는데, 이제는 양친을 모두 잃었으되 여전히 어리디어린 황상의 아버지를 자처하며 동중영이 그 자리를 억지로 얻어냈다는 이야기가 있었다.

아버지라.

동중영의 취미는 아버지 되기인가? 여포의 아버지를 자처했듯 천자의 아버지를 자처하다니. 그런 면에서는 아버지와 동중영도 언뜻 닮은 면이 있지 않은가? 물론 아버지께 아뢰기에는 괘씸한 생각이었으나 나는 몰래 그 생각으로 웃음 짓곤 했다. 급작스러운 천도로부터 꼬박 한 해 만에 장안에 입성한 악한 동중영을 떠올리면서.

관직이란 관직 가운데 가장 높은 자리를 차지했으면서 동중영은 미오 밖으로 나오려 하지를 않았다. 아버지의 평가로는 의심과 겁이 많아 목숨을 아까워하는 것이었다. 누구나가 저에게 칼을 겨누고 활을 쏠 수 있다고 믿는 것, 즉 자기가 얼마나 악한인지 그 자신도 알고 있다는 뜻이었다.

대소 신료가 천자께서 계신 장안성 대신 미오에 출입하며 동중영의 명을 받기 시작했다. 동 씨는 상국의 명이 곧 천자의 명이며 천자는 어려서 아직 국정을 모르므로 그것이 이치에 맞는다는 억지로써 신료를 겁박했다. 아버지도 예외일 수는 없었다. 미오에 드나들 때마다 아버지는 관복 속에 독이나 암기를 소지하지 않았는지 몸수색을 당해야 했고 그것이 분해서 처음에는 끙끙 앓기도 하셨다.

문제는 동중영을 만나야 동중영에게 정조를 넘길 수 있다는 것이었다.

내가 아버지를 따라 미오로 갈 수는 없었다. 이미 그런 식으로 품음 직한 여인을 갖다 바치는 자들이 셀 수 없이 많았다. 동중영이 먼저 나를 제 눈으로 보아야 했고, 준다 하지 않았는데 스스로 탐내야 했다. 그러지 않고는 수천 수만의 여인들과 구별되어 그의 눈에 들 도리가 없었다.

아버지는 상국을 집으로 데려올 궁리에 매진이셨다. 이미 가진 것이 많은 동중영은 사사로이 움직여 남의 집에 갈 이유가 없었다. 성채와 같고 대궐과 같은 처소에 사는 그에게는 아무리 으리으리한 사합도 허름하고 약소한 가옥에 불과했다.

"공히 초청하지 마시고 긴히 오게 하십시오."

"무엇이 다르냐?"

"공공연히 불러들이면 남에게 보이고자 하는 목적이 있으리라 여기어 수락하지 않을 것입니다. 보는 눈이 없는 새벽녘에 와주십사 하면 도리어 무슨 꿍꿍이인지 궁금해서라도 찾아올 것인즉."

"그렇게 제 목숨을 아까워하는 자가 어찌 야심한 시각에 미오를 나서려 하겠느냐?"

"아버지께서 직접 동행하십시오. 아무것도 지니지 않은 몸으로 미오에 머무시다가 동 씨가 직접 고른 호위 하나만 붙여 나오자고 하시면 됩니다. 수가 틀리면 아버지를 해치면 되니 안심하고 따라나설 것입니다."

애초 봉선이 언급하였듯 아버지는 그 세도 높은 동중영으로서도 휘하에 부리고 싶어 안달인 고고한 분이었다. 비싸게 팔고 싶은 것은 은밀하게 파는 것이 이치에 맞다는 것이 내 생각이었고, 그것은 맞아떨어졌다.

"초선 아씨, 어르신께서 귀가하셨습니다."

"일행은 몇이나 있는가?"

"상국과 중랑장이 있습니다."

동중영이 마침내 우리 집에 온 것은 그믐달이 뜬 새벽이었다. 계산 밖이었던 것은 긴히 찾아온 동중영이 고른 유일한 호위가 다름 아닌 봉선이라는 점이었다. 이쯤은 예상했어야 하는데. 호위로 단 하나를 고른다면 당연히 가장 빼어난 무인을 고르겠지. 그러나 탄식할 겨를도 없었다. 나는 말을 전한 종복을 붙들고 일렀다.

"나가서 아버지와 상국만 모시고 들어오게."

"소인이 어찌."

"아버님께 말씀드리게. 미오에 두고 온 것이 있다고 하시라고. 알아들으실 것이니."

종복이 바삐 나가고 나는 방에 켜둔 등불을 껐다. 잠시 정문 방면에서 소란한 기색이 전해져왔다. 나는 서상방 문을 살며시 열어둔 채 아버지의 그림자가 지나가기를 기다렸다. 남자들의 발소리가 먼저 들렸고 이어 정방을 환히 밝힌 등불에 드리운 긴 그림자들이 내원을 지나쳤다. 나는 칼춤에 쓰는 쌍검을 침상에 올려두고 마지막으로 거울을 보았다. 어둠 속에서 안광 한 쌍이 나를 마주 보고 있었다.

"초선 아씨, 어르신께서 찾으십니다."

나는 크게 숨을 들이쉬고 내쉰 후에 쌍검을 들고 종복을 따랐다.

정방에는 이미 아버지와 상국 몫의 주안상이 차려져 있었다. 고개를 숙이고 걷고 있었기에 내 허리보다 높은 곳에 있는 것은 볼 수 없었다. 가령 상국의 얼굴 같은 것. 아버지는 과장된 소리로 웃으시다가 내가 들어오는 것을 보고 웃음을 그치셨다.

"이 아이는 본디 천애고아로 이 사람이 거두어 가기로 길렀습니다마는, 타고난 재색이 집 안에만 두기에 아깝습니다."

아버지가 손짓하시기에 나는 춤을 추기 시작했다. 가락은 없었으나 칼을 서로 부딪치고 발을 구르고 빙빙 돌아 옷자락을 깃발처럼 펄럭거리게 하여 박자를 만들면서 검무를 추었다. 돌면서 이르는 무아의 경지에서 나는 무엇을 생각했나. 춤을 생각했다. 춤을 어떻게 배웠던가를 생각했다. 춤 솜씨가 빼어났고 그래서 나를 가르쳤으며 나를 원망하며 집을 떠났던 무원을 생각했다. 도화를 생각했다. 가기였던 시절을 생각했다.

아버지가 나를 가기라고 소개한 것을 생각했다.

여봉선에게는 나를 딸이라고, 동중영에게는 나를 가기라고 아버지는 소개하셨다.

내가 무엇인지를 잊기 위해 나는 빙빙 돌고 팔을 휘둘렀다. 금속이 부딪치고 옷자락이 펄럭이고 발이 바닥을 텅텅 울렸다. 나는 소리가 된 것 같았다. 사람도 아니고 춤도 아니고 소리가.

무도가 끝나자 동중영은 말했다.

"인상적이군."

춤추며 흘깃흘깃 본 동중영의 얼굴은 무표정했기에 그 말을 하면서도 요지부동일는지 알고 싶었다. 그러나 나는 고개를 숙이고 있었다.

"하나 고작 이걸 보여주려고 나를 장안까지 불러들였나?"

깊고 온후한 목소리로 동중영은 말했다. 들어본 가운데 가장 특출난 음성이라 할 만 하였는데 기이하게도 피가 얼어붙을 듯했다. 아버지가 입을 여셨다.

"가기라고는 하여도 딸 못지않게 길렀고, 이토록 출중하다

보니 언젠가 귀한 분께 보내리라 마음먹고 있었습니다. 하여 이렇게 컸는데도 아직 남자를 모르는바."

나는 동중영이 술잔을 드는 것을 보았다. 꿀꺽. 그 목으로 술 넘어가는 소리가 우렁차게 들렸다.

"그러면?"

"우리 초선이를 미인으로 보내고 싶은데, 어떠신지요? 천 자께 바치려면 우선 상국께서 보셔야 하지 않겠습니까."

비싸게 팔고 싶은 것은 은밀하게 팔 것. 더 비싸게 팔고 싶다 면 다른 데에 팔 것처럼 행세할 것. 그건 아버지와 내가 머리를 모은 계책이었다.

"고개를 들어라."

아버지의 말이 채 끝나기 전에 동중영이 명했다. 나는 허리를 곧게 펴고 섰다. 그제야 동중영의 모습이 한눈에 들어왔다. 인상 이 험하고 표정을 읽을 수 없는 동중영. 손이 무척 커서 들고 있 는 술잔이 메추리알만 하게 보이는 동중영. 자리에서 일어서는 동중영. 주안상을 발로 걷어차며 내게 다가오는 동중영.

동중영은 곧장 내 어깨와 허리를 붙들고 입을 맞추었다.

"아⋯⋯."

아버지라고 나는 말하려 했으나 곧 동 씨의 입이 내 입을 전 부 집어삼켰다. 크고 거친 손이 겹겹으로 껴입은 내 옷을 마구 벗겨 내리고 있었다. 마음대로 헤쳐지지 않는 것은 찢어내려 가면서 동중영은 내 알몸을 드러내려 했다. 나는 곁눈질로 아버지를 바라보았다. 아버지도 나를 보고 계셨다. 당황한 기색이 역력했으되 동중영을 말리거나 제압할 의사는 없는 듯했다. 아버지는 그대로 머뭇거리다가 정방을 나가셨다. 아버지. 아버지.

아버지!

가슴이 빠르게 맥동하며 비명을 지르고 있었으나 아버지에게는 들리지 않을 터였다. 돌이켜 생각건대 아버지가 자리를 뜨신 것에 감사해야 했다. 그러지 않으셨다면 아버지는 딸처럼 키웠다는 내가 겁간을 당하는 광경을 생생히 보게 되셨을 테니까. 그 꼴을 아버지께 고스란히 보이고도 제정신으로 살 수는 없었을 테니까.

허리띠를 풀자 다 뜯어진 채 애처롭게 매달려 있던 옷가지가 일시에 흘러내렸고 내가 알몸이 되자 동중영은 갑주를 벗지도 않은 채 중심만 드러내 내게 꽂았다.

동중영은 누가 보고 있든 그렇지 않든 상관없다는 듯 그 짓을 계속했다. 이 집이 제집이 아니라는 것도 그에게는 신경 쓸 바가 아니었다. 오히려 제집이 아니기에, 이 집의 집주인에게 누가 위인지 알려주기 위해 그 짓을 하는 것으로 보였다. 감히 그 야심한 시각에 저를 오라 가라 한 까닭이 겨우 남에게 바치려는 계집 하나 때문이라면, 그 계집을 제 것으로 삼아야만 하

고, 그것도 그 계집의 원래 주인 앞에서 욕보이지 않으면 직성
이 다 풀리지 않는 것이었다. 애초 아버지가 나를 가기라 소개
한 것부터가 반쯤은 이 일을 허락했다는 신호나 다름이 없었
다. 내가 왕씨의 딸이라고 생각했다면, 그럼에도 나를 취하려
고야 했겠지만, 이렇게까지 거칠고 무례하게 덤벼들지는 않았
을 테니까.

그러나 동중영이 먼저 나를 취해야 한다는 뜻은 이루어져
가고 있었다. 그 일이 이렇게 고통스러울 줄을 알았더라면 조
금 더 망설였을 터이지만.

저것으로 죽일 수는 없었을까?

바닥에 널린 쌍검과 동중영이 넘어뜨린 주안상에서 흘러내
린 술을 보며 나는 생각했다. 검무를 추는 척 칼로 내리칠 수도
있었고 술에 독을 탈 수도 있지 않았나. 그래서는 안 되었던 이
유를 나는 잘 알았지만, 당장이라도 아버지가 돌아와 동중영
을 죽여주시기를 내내 바랐다.

아버지가 원하는 것은 내분이었다.

은밀히 불러내 동중영의 멱을 딴들 동중영을 중심으로 뭉
쳐 있던 군세가 더욱 똘똘 규합되고 동중영의 뒤를 이을 우두
머리가 나올 뿐이라고 내다보고 계셨다. 마침 봉선이 나를 원
하고, 봉선은 인중여포 마중적토라는 말이 생길 만큼 우수한
장수이니, 동중영에게 나를 바쳐 그의 화를 돋우면 될 것이라
고 믿으셨다. 그 계책에 기꺼이 몸 바치기로 한 것이 나였다. 아

버지를 기쁘게 하려고. 단지 아버지의 기쁨만을 바라서. 그러니 후회할 것도 원망할 것도 없었다. 엎드려 바닥을 짚은 채로 나는 언젠가 누군가 내게 했던 말을 떠올렸다. 이런 짓 남자와는 절대 하지 말자던 말을.

짧으나 고통스러웠던 그 일이 끝난 직후에 나는 정신을 잃었다.

일어났을 때에는 어이가 없을 만큼 호화로운 침상에 나 혼자 누워 있었다.

"네 주인에게 너를 미오로 데려간다 일러두었으니 괘념치 말아라."

밤에 다시 중영의 품에 안겼을 때 나는 울음을 터뜨렸다. 아버지의 원대한 뜻이나 내가 품은 각오와는 상관없이 정직한 눈물이 났다. 동 씨가 두려웠고 또 아플 것 같아 겁이 났다. 중영은 전혀 다정하지 않게 내 처분을 일러주었고 그 후에는 역시 전혀 봐주지 않고 내 몸을 취했다. 내가 또 울자 중영은 짜증을 냈다.

"미인이 못 되어서 그러느냐? 천자는 어려 아직 여색을 모른다. 게다가 미인이라고 해봐야 녹봉 이삼천이 아니더냐. 그깟 것 내가 열 배 스무 배도 줄 수 있는데 이 길이 더 출세가 아니냐?"

내가 자꾸 울자 중영의 시비들이 몰래 귀띔을 하기도 했다.

"어차피 공께서는 싫증을 잘 내시니 울지 마십시오. 차라리 그분의 기분에 맞추어주시는 것이 득입니다. 눈 딱 감고 사흘만 버티면 여느 고을 태수 부럽지 않은 포상을 받으시고 별채를 얻어 나가실 터입니다."

듣자 하니 중영이 애첩이랍시고 데려온 여인 가운데 사흘넘게 끼고 있던 자가 없는 모양이었다. 사흘이라면 나도 버텨볼 만하지. 울더라도 사흘 후에, 말마따나 눈 딱 감고 버틴 후에울어야겠다고 나는 마음먹었다.

결심한 그날따라 중영은 부드럽게 내 몸을 매만졌다. 어안이 벙벙했다. 여기가 기분이 좋으냐? 여기가? 동중영은 귀에대고 감미로운 음성을 흘려넣으며 곳곳을 자극했고 내 입에서도 어이없는 교성이 흘러나갔다. 참을 필요도 없이 눈물이 나지 않았다.

음녀, 음녀로다.
천하의 음녀로다.

동중영의 두터운 목을 껴안고 천장을 올려다보는 동안 그런소리가 귓전에 메아리쳤으나 아무 동요도 일어나지 않았다.

사흘은 우습게 지나가고 열흘, 열흘은커녕 달포가 지나도 중영은 나를 침소 밖으로 내보내주지 않았다. 중영이 바빠져서 겨우 옷을 차려입고 밖으로 나섰을 무렵에는 계절이 바뀌는 기색이 보일 지경이었다. 왜 싫증을 내지 않지. 그렇게 변덕이 심하고 어린애처럼 잘 질린다는 그가 어째서 내게는 이렇게 끈질기지.

나는 미자하의 고사를 생각했다.

먼 옛날에 천자가 귀애하던 미자하라는 소년이 있었고, 소년도 천자를 연모하여 제가 먹던 복숭아를 스스럼없이 천자에게 건넸다. 후일 마음이 식은 천자는 제가 이미 상하게 한 것을 감히 천자에게 건넨 미자하에게 역모의 죄를 물었다.

내가 아는바 총애란 그렇게도 상하기 쉬운 것이어서 받지 않는 편이 나았다.

황궁을 본떴으되 황궁보다도 계단을 높여 지은 중영의 안채 기둥에 기대어 내원을 내려다보던 나는 어떤 사내가 나를 올려다보고 있는 것을 알았다. 몸의 모양이나 젊은 인상으로 미루어 중영은 아니었지만 먼 곳에서 바라본 얼굴만으로는 누구인지 알 수 없었다. 바람이 불어 그의 등 뒤로 끈 같은 것이 두 줄기 휘날렸다. 아, 봉선이로구나. 자금관을 쓴 봉선이로구나. 봉선은 나 역시 그를 발견했다는 것을 알아차렸는지 내가 있는 방향으로 걸어오기 시작했다. 성큼성큼 단을 올라 다가오는 그에게서 분노가 점점 뚜렷하게 감지되자 무슨 말을 해야 좋을지 알 수 없어 두려웠다.

"왜 아버지였나?"

봉선은 중영과 전혀 닮지 않고 덩치에도 걸맞지 않은 새된 소리로 화를 냈다.

이 사내는 내가 중영을 나 스스로 선택했다고 생각하나?

하긴 그 또한 무리는 아니었다. 그는 나를 사도 왕윤의 귀한 딸로 알고 있으니 고르고 골라 천하에서 가장 세도가 강한 자를 택했으리라 짐작할지도.

"소인의 뜻과는 상관이 없습니다."

이것은 참.

"소인과 소인의 아버지는 장군께서 왕씨를 잇는 것이 어떠한지 여쭙고자 은밀히 상국을 초청하였사오나, 상국께서는 장군 같은 사내보다는 천하 으뜸가는 사내가 제 짝으로 어울리지 않겠냐 하시며…….”

이것은 거짓.

내 말이 채 끝나기 전 봉선은 나를 끌어안았다. 세찬 심장 소리가 귓바퀴를 때렸고 더럭 겁이 났다. 싫어서가 아니었다. 나를 안은 그가 죽을까 봐 겁이 났다.

“누가 봅니다.”

“누가 천하의 동 상국이 기거하시는 정방을 들여다본다고 그러나.”

비꼬듯 말한 후에 봉선은 나를 이끌어 정방 문 뒤에 숨겼다. 허겁지겁 바지춤을 끄르는 그가 우스웠다. 역시 이 짓을 하고 싶었구나. 겁도 여전히 났다. 이 일이 탄로나 그가 죽고 말까 봐.

“이러시면 아니 됩니다.”

“아버지께는 허락하지 않았나?”

말릴 새도 없이 그는 나를 마주 보는 자세로 안아 올려 결합을 시도했다. 마를 새가 없었던 나의 중심은 그의 것을 어렵지 않게 빨아들였고 우리 둘은 동시에 탄성을 내뱉었다.

안 됩니다, 안 됩니다…….

내가 귀에 속삭일수록 그는 더 빠르게 움직였고 얼마 못 가 정을 토했다. 누가 본다고 겁을 내느냐던 그는 재빠르게 옷가지를 추스르고 자리를 떠났고 나도 치마를 여며 다리를 감추고 침소 안으로 뛰어들었다. 젖은 헝겊으로 봉선의 토정을 닦아내며 중영이 이 일을 알면 어찌 될 것인가를 상상했으나 잘 그려지지 않았다. 어떤 식으로든 내가 죽는 결말만이 또렷이 떠올랐다.

　한동안 그런 하루하루가 이어졌다. 밤에는 중영이 침소에서 나를 품는다. 낮에는 몰래 찾아온 봉선이 시비와 종복과 사병 들의 눈을 피해 나를 취한다. 친부자간이 아니어서 봉선과 다르게 후각이 예민하지 않은 중영은 내 중심이 밤낮으로 질펀한 까닭을 모르고 봉선은 중영이 엎질러놓은 것 위에 제 냄새를 덮으려는 듯 꼼꼼히 핥고 거하게 토정한다.
　음녀, 음녀로다.
　지아비를 둘이나 섬기는 천하의 음녀로다.
　놀랍게도 그 일은 차차로 몸에 익어 하지 않을 때가 도리어 불안해져갔다. 중영도 봉선도 바빠 안채를 찾지 않을 때면 나는 침상에 기대어 다리를 떨며 기다렸다. 마치 그 짓을 하려고만 살아가는 것처럼. 그 짓이 아니고는 할 일이 전혀 없는 것처럼. 실로 수백 수천 명의 가솔을 거느린 중영의 처소에는 내가 할 일이 전혀 없었다.
　그런데도 몸은 늘 곤하였다.
　정을 나누는 상대가 봉선인지 중영인지 헷갈릴 때가 종종 있었다. 안은 몸이 물큰하면 중영, 단단하면 봉선이었지만 굳이 구분하려 하기보다 정사와는 아무 상관도 없는 아버지를 떠올릴 때가 더 많았다. 아버지. 아버지. 내원을 거슬러 대정방으로 가면 아마도 거기에 계실 아버지. 지척에 계시련만 만나러 갈 수 없는 나의 주인.

미오는 자체로 하나의 성채와 같았지만 상국의 처소만큼은 여느 가옥들처럼 사합의 형태를 취하고 있었다. 낙양에 처음 닿아 아버지의 사합원을 보았을 때 그것을 성처럼, 궐처럼 느꼈던 것이 바보 같을 만큼이나 규모가 컸는데, 비교적 작은 사합을 더 큰 사합이 껴안고 있는 듯한 모양이었다. 안쪽 사합의 정방은 중영이 신료들을 만나는 데에 쓰는 일종의 정전이었고 바깥 사합의 정방이 중영의 거처였다. 내가 머무는 중영의 거처를 집안사람들끼리는 안채라 이르고 중영이 일을 보는 정방은 대정방이라 부르는 듯했다.

본래는 중영이 대정방에 머무를 때 봉선 또한 그 곁을 지켜야 했으나 이 핑계 저 핑계로 안채에 들어와 나를 취하는 것이었다. 자객이 들 것을 염려해서인지 그저 화려하게 만들 것을 주문했을 따름인지 내원은 곳곳에 시야를 가로막는 장식과 식물이 놓여 구조가 복잡하기 그지없었고 봉선은 그를 십분 활용하여 곳곳에서 나를 탐했다. 익숙해지고부터는 내 옷에 먼지가 탈까 등에 풀물이 들까 조심하는 기색도 점차 사라져갔다. 불안은 오로지 나의 것이었다.

이러다 들키면 중영은 어느 쪽을 죽이려 할까? 나일까, 봉선일까?

아버지는 어느 쪽이 낫다고 여기실까?

"이러다 옷이 찢어지겠습니다."

"갈아입으면 되지 않나."

"상국께서 다 아셔도 상관없으신가 봅니다."

내 말의 어떤 부분이 그를 충동질했는지를 가늠할 수 없으나 봉선은 분기탱천하여 정말로 내 옷을 찢으며 토정했다. 일이 끝난 후에야 제가 무슨 짓을 했는지 깨닫고 입술이 새하얗게 질린 그를 도리어 내가 위로해야 했다.

괜찮습니다. 바삐 들어가 옷을 갈아입을 터이니 장군도 어서 가보십시오.

봉선을 보내고 안채 침소로 돌아가 보니 이미 중영이 와 있었다. 뒷짐을 지고 서 있던 중영은 내가 들어오는 것을 보고 물었다.

"누가 그랬느냐?"

어깻죽지가 찢어진 내 옷가지가 방금 전 내가 무엇을 했는지를 자명하게 드러내고 있어서 변명할 생각도 들지 않았다. 내가 망설이자 중영은 부드럽고 깊은 그 목소리로 재차 물었다.

"말하고 죽음을 면하려느냐, 죽어서 비밀을 지키려느냐?"

나는 분했다. 중영에게나 봉선에게나, 지킬 의리도 절개도 한 치 없는데 말하기가 두려운 것이 분했다. 고개를 떨구고 입술을 깨물며 나는 자백했다.

"중랑장 여봉선 장군입니다."

"알았다."

중영은 겉옷을 벗고 침상으로 가 누웠다.

"이리 와라."

"그것으로 끝입니까?"

나는 진심으로 놀라 물었지만 중영에게는 동요의 기색이 없었다.

"더 무엇을 바라느냐?"

"죽을죄를 지었나이다."

"네가 왜 죽느냐? 네 말대로 너와 통정한 자가 봉선이라면, 너를 죽인 후에 봉선이 나를 어쩌겠느냐?"

그의 말이 옳은 듯했으나 무엇인가 근본적으로 잘못되었다는 느낌은 영 가시지 않았다. 짧은 정사가 끝난 후에 중영은 말했다.

"내가 너를 왜 예뻐하는지 아느냐?"

"어째서입니까?"

"제일 예쁘기 때문이다."

갑자기 무슨 소리지? 소금이 왜 짠지 아느냐? 짜기 때문이다 같은. 싱거운.

"너보다 예쁜 것을 발견하면 나는 가차 없이 너를 버릴 것이다."

일어나 침상에 앉은 중영의 광활한 등이 등잔을 가렸기에 나는 어둠 속에서 곰곰이 그 말의 뜻을 곱씹었다. 목소리가 워낙 좋아서인지 중영의 말은 실제로 뜻하는 것보다 훨씬 좋은 의미로 들리곤 했다.

　오히려 동요한 쪽은 봉선이었다.

　"그렇지, 그게 아버지시지."

　봉선은 움직임을 멈추지 않았다.

　"가장 좋은 것은 모두 아버지 것이다."

　봉선이 하도 강하게 내 둔부를 들이받아 나는 앞으로 넘어졌다. 앞에 놓인 석상을 껴안지 못했다면 거기에 머리를 찧었으리라. 내가 그러든 말든 봉선은 쉴 새 없이 말하고 쉴 새 없이 움직였다.

　"아버지는 천하제일이라면 무엇이든 가지고 말지. 가장 좋은 것을 모으고 모으다 내가 가장 좋아하는 것들도 모조리 다 삼킨, 그게 내 아버지다."

　봉선은 내가 중영인 양, 하여 나를 꼭 쓰러뜨려야 분이 풀릴 양으로 몰아붙였고 그게 어째서인지는 나도 모르는 바가 아니었다. 전날 중영은 인중여포 마중적토라 하는 천하제일의 무인을 제 수족으로 만들어야 했던 그의 성정에 대해서도 이야기했다. 후환이 될까 두려운 물건이 있다면 어쩌려느냐? 없앨 수 없다면 소유하는 것이 맞지 않으냐? 봉선은 나조차도 겁에 질리게 하는 칼이었다. 그걸 내 손에 쥐면 내 적들이 나를 어떻게 여기겠느냐?

　토정하고도 기세가 꺾이지 않은 봉선은 나를 끌어 뜻밖의 장소로 데려갔다.

"이리 와라."

"아니 됩니다. 여기서는."

"여기서 그대를 죽이고 나도 죽겠다."

끝내 봉선은 중영의 침상 위에서 나를 취했다. 그러고서야 분이 풀리겠다는 듯, 아니 한 번 더 토정하고도 못다 풀린 응어리가 있다는 듯, 항상 준마를 몰고 다녀 바위같이 단단해진 허벅지로 내 몸을 감고는 놓아주지 않았다.

중영이 침소에 들어선 것은 길고 거친 정사가 끝난 직후, 나와 봉선이 숨을 돌리기도 전이었다. 늘 무표정하되 인상이 워낙 험하여 항상 성난 것처럼 보이던 중영이 진실로 분을 낼 때에는 어떤 얼굴이 되는지를 나는 그때 처음이자 마지막으로 보았다.

"미친 새끼."

중영의 성난 음성은 우릉우릉 울리는 천둥소리 같았다.

"감히 내 침상을 더럽히느냐. 계집 때문에, 고작 계집 때문에!"

"고작 계집 때문에 저를 저버리신 것은 아버지가 먼저가 아닙니까?"

나로서는 끼어들 수가 없는 싸움이었다. 그들이 입을 모아 부르는 고작 계집이라는 것이 바로 나임을 누구보다도 잘 알았지만 감히 입도 벙긋할 수 없었다. 중영은 양자가 자기의 애첩을 수도 없이 범했다는 것을 알고도 태연했으나 제 눈으로 그 현장을 보고서는 냉정을 유지하지 못했고, 봉선은 그간 멋모르고 양부에게 바치고 빼앗겨온 모든 것의 표상이 다름 아닌 나인 것처럼 분개하고 있었다. 그러니 다툼을 촉발한 것은 나라도 감히 내가 나설 자리가 아님을 알밖에. 얼굴을 붉다 못해 검게 물들인 채 부들부들 떨며 섰던 중영은 손에 짚이는 날붙이를 봉선을 향해 던졌다. 봉선이 제 몸처럼 지니고 다니는 극戟이었다.

극은 날아와 나와 봉선 사이의 벽에 박혔다.

경악할 틈도 없이 봉선이 벽에서 극을 뽑았다. 자기 몸이나 다름없는 극을 쥔 봉선을 중영이 당해낼 길은 없었다. 중영은 곧장 내원으로 달아났고 봉선은 도저히 알몸으로 뛰쳐나갈 수는 없었는지 주섬주섬 채비하여 침소를 나갔다.

한참 후에 중영이 돌아왔다.

"소인을 사도 왕자사의 집으로 돌려보내주십시오."

나는 죽을 각오로 중영에게 아뢰었다.

"너는 내 것이다."

중영은 나를 돌아보지도 않고 답했다.

"영영 보내달라는 청이 아닙니다."

그가 함부로 나를 죽이지 않으리라는 판단이 선 후에야 나는 숨을 돌리고 핑계를 골랐다.

"여 장군은 상국의 침소에서마저 서슴없이 공의 사람을 욕보이는데 소인이 어찌 남아 있겠습니까. 방금 보신 것처럼 여장군이 이미 공께 불손한 마음을 품고 있으니 소인이 있는 이상은 불화가 끊이지 않을 터. 여 장군은 소인이 어느 집 가기였는지 모를 테니, 허락하시면 잠시 몸을 피했다가 사태가 정돈되는 대로 다시 모시겠나이다."

거짓말도 입에 익으니 술술 나왔다. 하나라도 거짓임이 들키면 목이 날아갈 말의 연쇄인데도 거침이 없었다. 중영은 나를 보았다. 그의 눈길에서는 인애도 잔학도 드러나지 않았고 다만 나를 보고 있음만 알 수 있었다.

더 무엇을 말할 수 있을까?

    동중영의 최후는 이미 너무도 잘 알려져 있는데, 사람들은 그것으로는 부족하다 여겼는지 무척이나 노골적이어서 상상하기도 쉬운 소문을 퍼뜨렸다. 시신의 배꼽에 심지를 꽂자 몇 날 며칠이고 불타올랐다느니 몇 번이나 이묘했는데 매번 묘비에 벼락이 떨어졌다느니.

    나는 그의 시신을 직접 보지 못했으나 아마도 평범했으리라 믿는다. 아무리 세상을 벌벌 떨게 만든 악한인들 죽어서 별날 것은 없지 않은가.

    별난 것은 다름이 아니라 그렇게 죽음을 두려워하여 갑주를 두세 겹씩 껴입고 다니던 그가, 백 년의 권세를 헤아려 지은 미오에서 채 한 해도 살지 못했다는 것이다.

    나더러 죽지 말라 하고는 저 혼자 죽어버렸다는 것이다.

무슨 생각에서였는지 중영은 더 묻지 않고 내가 아버지 곁으로 돌아가는 것을 허락해주었다. 예주에서 낙양으로, 낙양에서 장안으로 이동할 때 탔던 가마보다도 훨씬 크고 화려하여 가히 황상이나 오를 법한 마차를 나는 탔다. 마차는 백 리를 한달음에 달려 장안성 안 우리 집에 나를 내려주었고, 멀리 달아난 줄 알았던 봉선이 뜻밖에도 거기에 있었다.

"장군께서 여기에는 어쩐 일이십니까?"

"그대야말로 출가외인이 어찌 돌아오는가?"

울었는지 눈가가 붉고 번들거리는 봉선은, 내가 중영과 정식으로 혼사를 치른 것으로 착각하고 있었다.

그렇게 알고서도 감히 나를 넘보았는가. 나를 양어머니로 알고도 범한 것이 아닌가. 어이가 없어서 웃음이 나려 했다.

"이 사람이 여 장군과 동향 사람이 아닙니까. 상국께 변고를 당할 뻔하여 이 사람 생각이 나셨답니다."

아버지가 웃으며 말씀하셨다. 나는 아버지가 봉선만이 아니라 내게도 말씀을 높이고 있다는 것을 조금 늦게 알아차렸다. 아버지보다 높은 자와 관계하였기에 나는 나도 모르는 사이 아버지보다 높아진 것이었다. 서먹하고 가슴이 찔끔 아팠으나 내색은 하지 않았다. 아버지는 어린아이를 달래듯 봉선에게 물었다.

"하여, 장군. 장군께서는 동씨이십니까?"

"나는 여씨요."

"상국께서 진정으로 장군을 양자로 여기셨다면 마땅히 성씨를 내리지 않으셨겠습니까?"

"내가 동씨로 개명하였어야 한단 말이오?"

아버지는 한숨을 내쉬고 다시 말씀하셨다.

"그러자고 묻기나 하셨습니까? 상국께서."

봉선은 천천히 고개를 저으며 서서히 뭔가를 깨달아가는 듯했다. 아둔한 사람…… 딱할 만큼이나 아둔하여 우습고 귀여운 사람. 나는 웃는 얼굴을 드러내지 않으려 소매로 입을 가렸는데 봉선은 내가 눈물지으려 한다 착각한 듯했다.

"자, 그러면 두 분 서로 회포를 푸십시오. 이 늙은이는 황궁으로 나아가보아야겠습니다."

아버지가 자리를 뜨자 봉선은 나를 껴안고 그야말로 어린아이처럼 울었다.

무엇이 그리 억울한지 나로서는 이해할 수가 없었다. 제멋대로 양부의 여인을 탐한 것이 사실이고 양부를 도발하고자 그 사실을 숨기지도 않은 것 역시 사실이 아닌지. 화내라고 저지른 일에 화냈다고 서러워하는 것이 우스웠다.

그럼에도 나는 팔을 들어 그의 허리를 껴안아주었다. 끝이 뻔한 일을 저지른 바보 같은 점도 그러하려니와, 이렇게까지 억울해한다는 것이 그가 동중영을 참으로 아버지라 여겼음을 말해주므로.

또한 그런 울보가 천하에서 가장 강한 무인이기도 했으므로.

"대체 어떻게 하셨습니까? 어찌 동 씨와 여 씨의 마음을 모두 사로잡았습니까?"

퇴궐하신 아버지는 들떠 물었다.

"말씀을 낮추세요, 아버지."

내가 봉선과 중영의 마음을 사로잡았는가? 내 생각에는 그렇지 않았다. 내가 한 일은 다만 견딘 것뿐.

"저는 다만 두 사람 모두 제가 그를 연모한다 믿도록 애썼습니다."

"그것이 어떻게 가능했습니까?"

연모하는 것처럼 보이려고 연모하였습니다.

"대답해드리면 제 원을 들어주시려는지요?"

견디다 못해 그렇게 되었습니다.

"이 늙은이가 들어드릴 수 있는 것이라면 얼마든지요."

또 그것은 어찌 가능했느냐고 물으신다면, 아버지, 당신 때문이라고 하겠습니다.

"저를 아내로 맞아주십시오."

아버지는 내 청을 무시하고 자리를 뜨셨다.

이후의 일들은 쏘아놓은 살처럼 신속히, 또한 정확히 하나의 과녁을 향하여 이루어져갔다. 봉선은 자진하여 중영의 목을 베기로 결의했고 아버지는 조정의 신료들을 규합하여 중영을 칠 계책을 세웠다. 아버지는 천자로 하여금 상국에게 황상을 이양하려 한다는 거짓 전갈을 보내도록 하였고, 모든 것을 가졌으나 황제의 자리만은 갖지 못한 중영은 그날따라 큰 의심도 없이 황궁에 출석하였다가 양자 봉선의 극에 목을 잃었다. 역적 동중영이 처단된 날 아버지는 내게 절을 올리셨다. 내가 아니고서는 이 모든 일을 꿈도 꾸지 못했으리라며 눈물을 흘리셨다. 나는 다만 한 가지 생각을 했다.

그렇구나, 나는 이제 미오로 돌아가지 않아도 되는구나.

돌아갈 수 없구나.

지난 몇 달간의 일이 하룻밤의 나쁜 꿈처럼만 여겨졌다.

초선

중영이 죽기 전에 '천리초 십일복千里草 十日卜'이라는 노래가 유행하였다고 한다. 지천에 널린 풀 가운데 수명 열흘을 점칠 것이 없다는 뜻일 터. 동중영의 이름 탁卓을 파자하여 지은 노래이니 중영이 어서 실권하기를 바란 것이로되 어차피 끝날 권세 잡음이 무상하다는 뜻도 될 터.

본래도 중신이었지만 역적 동중영을 처단하여 실로 조정의 중심이 되신 아버지 또한 예외가 될 수는 없었다. 죽지 않고 오래 권세를 누리려고 그 난리를 피운 중영조차도 결국은 몇 해 넘기지 못했거늘, 오로지 동 씨를 몰아내는 것만을 목표 삼아 온 아버지의 권세가 오래갈 리 없는 것이었다.

아버지는 봉선을 휘어잡으면 중영의 휘하가 모두 그 아래로 들어오리라 믿었지만 그것이 오산이었다. 봉선은 빼어난 무인이었지만 만군을 통솔하는 장수로서는 실력이 검증되지 않은 채였다. 중영이 신뢰하던 장수들이 투항 의사를 밝혀왔으나 아버지는 그들에게 처형으로 죽으려는지 싸우다 죽으려는지를 물으셨고, 이러나저러나 죽는 수밖에 없다는 것을 안 중영의 잔당은 규합하여 장안으로 쳐들어왔다.

장안은 쑥대밭이었다. 중영의 입김이라도 닿았던 이들은 문관이나 무관이나 신분이 높거나 낮거나 모조리 처형되어, 남은 이들만으로는 군세를 장히 이루어 중영의 잔당이 일으킨 군사와 맞설 재간이 없었다.

집으로 돌아오신 아버지는 갑주를 벗고 내 침소로 찾아와 말씀하셨다.

"죽으십시오."

나는 앉아서 아버지를 올려다보았다. 아버지는 숨을 고르고 말을 고치셨다.

"죽거라."

아버지는 비단보로 감싼 보검을 들고 계셨다. 그 검으로 자결하시고 나도 따라 죽기를 청하는 것이었다.

"진정으로 이 늙은이를 연모하였다면 함께 죽어다오."

"왜 이제야 그리 말씀하십니까?"

나는 아버지가 내미는 검을 살며시 밀며 여쭈었다.

"저의 연심을 여태 무시하시더니 왜 이제야 그것을 운운하십니까."

"미안하구나."

아버지는 눈물을 그렁그렁 머금은 채 말씀하셨다.

"이제야 그렇게 말해서 미안하다. 이 늙은이가 도량이 좁아 네게 줄곧 무안을 주었다. 그러나 나를 불쌍히 여긴다면 이제라도 나와 함께 죽어다오."

아버지는 무릎을 꿇으셨다.

"부탁이다. 어차피 버린 몸이지 않니. 이 늙은이를 위해 무엇이든 할 수 있다고 하지 않았니."

어찌 그리 말씀하십니까.

어찌 저를 살리시고는 이제 아버지 멋대로 죽으라 하십니까.

단 한순간도 저를 여인으로 보아주지 않으시다가 어찌 이제야 함께 죽어달라 청하십니까. 죽는 것이 그리도 두려우십니까? 연모하지도 않는 여인을 길동무로 삼아야 할 만큼. 그렇다면 제게도 죽음이 두렵지 않겠습니까.

나는 가만히 아버지를 보다가 소매를 뒤져 비단 주머니를 꺼냈다. 중영에게서 받은 것이었다.

주머니 속에는 색이 진주알처럼 보얗고 어린아이 젖니 크기만 한 환이 들어 있었다. 내가 아버지의 집으로 돌아오기 직전 중영이 늘 제 몸에 지니고 다니는 것이라며 건넨 것이었다. 나는 그것을 아버지께 보여드렸다.

"이것은 동 씨가 유사시를 위하여 제게 준 것입니다."

"무엇이냐."

"또다시 몸을 더럽힐 일이 생기거든 차라리 이것을 먹고 깨끗이 죽으라고 했습니다."

아버지의 얼굴에 화색이 돌았다. 곧 죽어야 할 인물의 얼굴에 화색이라니 그처럼 어울리지 않는 것도 드물리라 싶지만. 나는 아버지를 똑바로 쳐다보며 중영의 환을 입에 머금었다. 아버지는 고개를 끄덕이고 보검을 드셨다. 아버지는 내가 힘주어 환을 깨물고 침을 삼키는 것까지 보고서 목을 겨누어 검을 꽂아 넣으셨다. 더운 피가 내게 튀었고 내 입에서도 아버지의 것 아닌 피가 흘러나왔다. 나는 기침을 했다. 아버지의 몸이 내 무릎으로 넘어졌다. 계속 기침이 나왔고 그럴 때마다 왈칵왈칵 피가 흘러나왔다. 나는 입에 머금고 있던 중영의 환을 뱉어냈다. 아직 숨이 끊어지지 않은, 그러나 곧 그리되실 아버지가 믿을 수 없다는 듯, 원망스럽다는 듯 나를 올려다보았다. 그 눈에서 생기가 빠져나가는 것을 나는 가만히 내려다보았다.

송구합니다, 아버지. 마지막 명만은 받잡을 수 없었습니다.

중영의 환은 애초 맹독이 아니었다.

잘 때에도 갑주를 두르며 음식을 먹을 때에는 천자보다도 많은 기미를 거치는 중영이 행여 독을 먹을 때를 대비해 들고 다니는 만독해환萬毒解丸이었다. 만독에 효험을 보려면 독으로 독을 잡을 수밖에 없다고 하였다. 하여 치사량은 아니로되 독은 독이었고, 중영의 거구에 맞추어 지은 것이어서 침에 섞어

약간 삼킨 것만으로 내게는 상당한 영향을 미친 듯했다. 나는 어지러운 머리를 흔들며 자리에서 일어났다. 아버지의 시신이 내 무릎에서 미끄러져 바닥에 엎어졌다.

죽는 것만큼은 할 수 없습니다.

기억도 어렴풋할 만큼 까마득한 어릴 때 나는 이미 부모에게서 달아난 적 있었다. 이웃 애와 나를 바꾸어 먹으려는, 나를 죽이려는 부모는 부모가 아니라고 생각했기 때문이다. 내가 아버지를 사모한 것은 그가 나를 살려주어서였다. 이제 와서 나더러 죽으라 했다고 사모의 정이 사라지는 것은 아니로되 그것이 내가 따를 수 없는 명인 것은 여전했다.

바닥이고 옷자락이고 피범벅이었다. 나는 갈 곳도 모르면서 문을 나섰다.

당신만 죽으면 이 집안은 멸문이라는 아버지의 말은 옳았다. 아버지와 피를 섞은 진짜 딸도 아니고, 아버지든 아버지가 허락한 양자든 왕씨들을 지아비로 모시지도 못한 나는 이제 아버지와 아무 상관도 없는 몸이었다.

정방의 문을 나서자 나를 본 시비와 종복들이 비명을 질러댔다. 바로 곁에서 지르는 그 비명들이 멀리서 들려오는 것처럼 귀에 설었다. 입을 벌리고 악을 쓰기 직전 그들이 내게 보내

224

온 경악의 눈빛만이 뚜렷하게 느껴졌다. 두려움과 역겨움이 한데 섞인 듯한 눈길들이 살갗을 태우며 달라붙는 듯했다.

왜 나를 그렇게 봐?

왜 무섭다는 듯이, 더럽다는 듯이 보는 거야?

어차피 죽을 것들이. 내가 아니었으면 다 죽었을 것들이, 살 아서도 동 씨가 두려워 숨조차 마음껏 쉬지 못했을 미물들이.

내가 마주 악을 쓰자 주춤주춤 뒷걸음치던 종들이 달아나기 시작했다.

봉선.

봉선은 아직 살아 있지 않은가.

봉선.

봉선. 아버지도 동중영도 죽었지만 그는 살아 있다. 내가 그 렇듯이. 나는 침을 뱉었다. 핏덩어리가 바닥에 툭 떨어졌다. 아 버지의 피로 적신 옷자락이 차게 식어가는 것이 느껴졌다. 무 릎 언저리부터 종아리까지는 차가운데 허벅다리로는 따뜻한 것이 흘러내리고 있었다. 나는 치마를 헤쳐 다리 사이를 살폈 다. 월사가 나오듯, 그러나 월사보다 훨씬 많은 피가 흘러내리 고 있었다. 이러다 죽는가. 죽지 않으려고 죽는 척했는데 끝내 죽는가.

봉선.

봉선.

나는 집 밖으로 나섰다. 영락없이 아프고 미친 사람의 꼬락서니를 하고 있었으나 누구도 내게 눈길을 주지 않았다. 바깥에 비하면 집 안의 난리는 난리도 아니었다. 중영의 잔당이 장안 앞에 군영을 벌여 전운이 뚜렷한바 온 장안 사람들이 피란을 준비하고 있었다.

나는 다시 집으로 들어갔다. 기다리면 봉선이 찾아올지도 모른다고 생각했다. 주인은 죽고 종들은 달아난 빈집에. 그가 죽지 않았다면, 나도 죽지 않는다면, 이제 남은 것은······.

침소로 돌아가 아버지의 시신 앞에 섰을 때 어떤 여자가 눈에 들어왔다. 머리와 눈썹이 희끗희끗하고 눈에서 광기가 엿보이는 여자. 거울이 있던 자리였다. 환약이 어찌나 독한지 한 식경도 지나지 않은 사이에 벌써 머리와 눈썹이 세고 있었다.

달아나야 해.

거울 속의 아프고 미친 여자가 내게 말했다.

그러나 어디로?

내가 여자에게 물었다.
거울 속의 여자는 답을 몰라 내 눈길을 피하려 애쓰는 것처럼 보였다.

226

나는 여전히 살아 있다.

나

살아 있다는 것이 이상하다.

한나라가 스러지고 다시 몇 개의 나라가 서고 수백 수천의 영웅이 났다가 사라졌다. 내가 살아 눈으로 보고 귀로 들은 몇 십 년 사이의 일이다. 여전히 사람들은 중영과 봉선과 아버지에 대해 말하지만 그들은 한참 전에 역사 속에서 자취를 감추었다.

이야기 좋아하는 사람들은 과연 누가 중영과 봉선 사이를 이간하였는지 입방아를 찧곤 한다. 내 앞에서라고 그 이야기를 피할 까닭은 없다. 그런 이야기를 들으면 나는 그저 웃어넘긴다. 좀 더 젊을 때에는 내가 거기 있었노라고, 왕 씨의 청으로 동 씨와 여 씨 사이를 이간한 여인이 다름 아닌 나라고 숨김없이 털어놓기도 했다. 그러면 사람들은 내가 허풍 잘 치는 웃기는 여자라고 여겼다. 그들이 어리석다고 할 수는 없다. 독한 약을 먹어 일찌감치 머리가 세고 어금니가 밥알처럼 아무렇지 않게 빠져 볼이 훅 꺼진 나는 예전 그 여자가 아니니까.

그러면 그 여자는 어떻게 되었을까.
그 젊고 아리따웠던 초선은 어디로 갔을까.

혹자는 내가 봉선을 따라가 조용히 가정에 종사하였다고 믿고 또 어떤 이는 내가 조맹덕에게 거두어져 관운장에게 하사되었다고 한다. 관운장은 내 의기에 탄복하여 나를 거두기도 하고 나라를 망칠 요녀라며 나를 죽이기도 한다. 나는 때로 의리를 지키고자 관운장의 검 앞에 뛰어들어 자결하고 닳디닳은 정조를 한탄하며 몰래 자결하기도 한다. 진작에 아버지를 따라 자결하였음을 굳게 믿는 이도 있다.

어떤 이야기에서는 내가 살고 어떤 이야기에서는 내가 죽는다.

죽다니, 내가?
웃기고들 있네.

이 모든 것은 모두 젊고 요요하여 보는 사람을 미치게 하는 여자의 몫이고, 내가 한때 그 여자였음은 바로 나에게야말로 한갓 꿈처럼 느껴진다.

품을 팔러 마을에 가면, 혹여 내가 터를 잡은 산자락에 아이들이 놀러 오면 나는 묻는다.

말해봐, 내가 어떻게 생겼지?

추녀, 추녀. 천하에 둘도 없이 못난 늙은이.

아이들은 노래하듯 나를 놀리고 내가 부지깽이로 두들겨 패기라도 할까 봐 잽싸게 달아난다. 잠잠한 물에 비치는 내 얼굴은 실로 누구의 눈길도 끌 수 없는 모양새다. 머리의 터럭은 세다 못해 빠져서 볼품이 없고 눈가는 어질지 못한 모양으로 주름지고 이빨 빠진 주둥이는 흉하게 오그라졌다.

그 얼굴로 나는 미소 짓는다.

나는 이제 아무도 애모하지 않고 누구에게도 귀애받지 않는다.

계절을 따라 품을 팔아 입에 풀칠하고 없으면 없는 대로 버섯이든 풀뿌리든 캐다 먹는다. 이처럼 사는 것도 별다르게 어렵지는 않다. 한때 나는 지체 높은 이의 양녀였고, 가기였고, 또 한때는 거지였고, 이웃과 바꿀 먹이였다. 그렇다고 해서 내 명운이 삼공구경과 다를 것은 무언가. 천자와 다를 것은 무엇인

가. 영웅은 끊임없이 태어날 것이고 새 나라가 또다시 망하고 흥하는 것은 그보다도 더 쉽다.

그러한 모든 순리는 허망한 것이로되 나는 여전히 살아 있다.

내가 움막을 짓고 사는 산자락에는 담비가 살고 여름이면 매미가 운다. 머리 위에 초貂와 선蟬을 이고 사니 부러울 것이 없다.

숱한 영웅들의 의기와 용맹을 구경거리 삼고 나라를 세우고 무너뜨리는 대의와 명분을 우스개로 여기며 끝끝내 오래도록 나는 살아남고 만다.

살아 있다는 것이 이상하다. ■

삼국지를 좋아하는 시인이 말했다. 언젠가는 초선 이야기를 써줘. 초선은 삼국지 초반 구도를 형성하는 데에 아주 중요한 역할을 한 인물인데 업적에 비해 충분히 이야기되지 못한 편이라고 생각해. 그건 알겠는데 굳이 내가 써야 하는 이유는 뭐지? 그렇게 묻자 그는 당연하지 않느냐는 듯 대답했다. 잘 쓰니까.

내가 아는 초선은 서사에 이용당한 여자였다. 정사에는 등장하지 않고 연의에서 비로소 이름을 얻는 여자. 이름이 있을 때도 있고 없을 때도 있듯, 왕윤의 양녀일 때도 있고 가기일 때도 있으며 애초 여포의 정인이었으나 생이별한 것으로 그려질 때도 있는 여자. 내력이 그러하듯 후사도 묘연하여, 사도 왕윤의 명을 받아 동탁과 여포 사이를 이간하는 역할을 수행한 후로는 생사를 알 수 없게 되는 여자.

232

분분한 설화들을 소거하다 보면 그가 기자記者의 필요에 의해 만들어진 인물이라는 결론에 도달하게 된다. 동탁의 무시무시한 위세는 천하 군웅의 힘을 모아서도 제압하기 어려웠으되, 그처럼 강력한 공동의 적이 있었기에 우리가 익히 아는 영웅들이 삼국지라는 역사-서사의 무대에 등장한 것이 아닌가. 다시 말해 동탁에게는 강력해야 할 개연이 있었고, 개연을 업어 무적이 된 악당을 무너뜨리려면 무력을 제외한 다른 수단이 동원되어야 했다.

바로 이 지점에서 여자가 하나 필요해진다. 어떤 영웅-남자도 동탁을 무너뜨릴 수 없기 때문에 여자가 등장할 수밖에 없다. 동탁이 수족처럼 여기는 여포와 반목하게 될 만큼 아름답고, 정조보다 대의를 중하게 여길 만큼 충절이 높은 여자. 초선은 이야기마다 다르게 자라 다르게 죽지만 미모와 충절만큼은 변치 않는다. 그래야만 하기 때문이다. 동탁의 위세가 그렇듯 초선의 미모와 충절에도 강력한 개연이 뒤따른다. 그것으로 당대의 어떤 영웅도 감히 하지 못한 일을 해낸다. 그러도록 만들어졌기 때문에.

얼마나 편리한 여자인가.

그렇지만 그 여자는 아무 생각도 없이 저의 양부 혹은 주인의 명을 따랐을 뿐일까? 그 놀라운 목표 지향성은 단순히 충심

또는 효심에서 비롯된 것일까? 초선 양녀설과 가기설은 또 어떤가. 명문가의 양녀라면 한 황실에 대한 충의는 해명되지만 남자를 모르던 처지에서 천하 요부로의 변모가 불가사의해진다. 아무리 빼어난 가기라 해도 한 황실을 위해 목숨을 거는 충의를 품을 만큼 학식을 쌓기는 어렵다. 하여 초선은 어느 한 쪽이기보다는 양녀이면서 가기이고, 가기이면서 양녀일 필요가 있다. 여느 영웅보다도 높은 충절은 유교적 정통성에서 부여되는 것이고 이미 무수한 여인들을 품어보았을 동탁과 여포 같은 남성들조차 동시에 빠져들 만큼의 마성은 고도로 훈련된 성적 매력, 즉 유교적 정통성의 대척점에서 발현되는 것이기에.

　나의 초선은 이렇게 태어났다. 기왕 만들어진 여자라면 그 여자가 가지고 있는 모든 개연을 생명력으로 활용하려 했다. 여자들 중에 가장 아름답고 어떤 남자보다도 드높은 충절을 지닌 양성성을 근거로 양녀설과 가기설을 동시에 채택했고, 양녀로서든 가기로서든 생부도 아닌 왕윤의 명을 따라 정조를 대의에 이용하려 했음을 감안하여 그 여자가 처음이자 으뜸으로 사랑한 존재가 있었다는 설정을 부여했다. 그러자 그 여자가 한 모든 일은 남의 명 때문만이 아니라 제 뜻을 따라 한 일이 되었고, 미추를 분간하지 못하고 용모만으로는 사람을 인식하지 못하는 기벽과, 세간의 풍습이나 도덕보다도 저 자신의 생존 본능을 믿는 기질도 저절로 생겨났다. 그래서 나의 초선은 죽지 않는다. 죽지 않기로 했기에 미모와 충절을 모두 잃지만 그쯤에서 아름답고 뜻 있는 여자의 역할은 이미 끝나 있기에 어떤 모순도 발생하지 않는다.

이리하여 이야기의 필요로 발명된 여자는 살아서 이야기를 빠져나간다. 나의 초선은 살아남는다. 이것이 당신이 원한 이야기였는지 묻지 않겠다. 원하든 원치 않든 그 여자는 살아 있다.

살아 있다는 건 정말 이상하지?
마지막으로 할 만한 질문은 역시 이것이겠다.

2024년 여름
박서련

가장 급진적인 존엄

전승민 · 문학평론가

"어떤 이야기에서는 내가 살고
어떤 이야기에서는 내가 죽는다."(229쪽)

1. 복권된 서술자의 지위

간혹 우리는 해가 없는 밝은 낮을, 달이 없는 밝은 밤을 만난다. 그렇다면 그 하늘을 밝히는 것은 무엇인가? 그것은 다만 한 인간의 빛이다. 머리에 담비와 매미를 이고 사는 자의 빛이다. 동물과 곤충을 제 몸에 이고서 자연 속에서 조용히 늙어가는 한 여자의 빛이다. 《폐월; 초선전》은 《삼국지》 위서 여포전에 짧게 언급되는 초선이라는 여성 인물의 삶을 재해석한 소설이다. 역사적인 인물이나 이미 창조된 캐릭터를 다시 쓰는 일은 삶에 몹시 어려운 작업인데, 이미 정설로 여겨질 만큼 널리 읽힌 서사의 개연성을 무너뜨리기가 쉽지 않을뿐더러 그 개연성이 인물을 살아 있게 하는 가장 핵심적인 힘이 되기 때문이다.

그러나 삶이라는 것은, 그것이 비록 한 사람만의 것이라 할지라도, 여러 번의 서술을 통해 진실에 겨우 다가서기도 한다. 더이상의 부연이 필요 없는 것처럼 보이는 완벽한 서사가 이미우리 손안에 있다 하더라도 말이다.

하나의 삶이 여러 각도에서 입체적으로 조명된다는 것은그것을 바라보는 시점이 여러 개로 분화한다는 뜻이다. 동시대의 서사에서 그것은 대개 삶의 주인인 '나'로부터 타자적인'너'로 옮겨가는 과정을 뜻하나, 자신의 삶을 서술할 권리를처음부터 갖지 못했던 초선은 이천 년의 시간이 흐르고 나서야 겨우 자신의 목소리로 삶을 말하게 된다. 기존 서사에서 초선의 실존이 폭력적이고 지배적인 남성성의 도구로 전락할 수밖에 없던 이유는 그녀의 이야기가 자신의 목소리가 아니라외부의 남성적 시선에 의해 서술되었기 때문일 가능성이 크다.《폐월; 초선전》이 채택하는 초선의 일인칭 서술 시점은 이전 서술자의 남성적 권력에 가하는 문제 제기의 문학적 형식이다.

《폐월; 초선전》의 초선은 그러한 남성성의 폭력을 역이용해 살아남는다. 물론 이곳에서의 삶에도 폭력은 여전히 살아있다. 동탁과 여포는 그녀를 여러 번 강간하고 초선은 양아버지 왕윤에 의해 귀족의 자제가 되었다가 가기로 내쳐지기도한다. 새로 쓰인 이 서사에서도 그녀 삶의 주권은 여전히 그녀의 것이 아닌 것처럼 보이기도 한다. 그러나 '나'의 삶에 위력을 가하는 타자들의 힘보다 강한 것이 있다면 그것은 바로 '나'의 삶을 서술하는 시선의 힘일 것이다. '나'를 타자화하는 시선이 '나'의 것일 때 발생하는 권력과 주체성은 죽음조차 '나'의 소유로 만들 수 있다.

'나'의 이야기가 더없이 '나'의 것으로 진실해질 때는 역설적으로 그 '나'를 또 다른 타자로, '나'를 구성하는 전부가 아닌 부분으로 타자화할 때다. 소설의 각 장은 초선의 삶을 구성하는 주변 인물들의 이름을 제목으로 삼는데 마지막 두 개의 이름이 〈초선〉과 〈나〉라는 점은 그러한 맥락에서 주목을 요한다. 만약 우리가 제시된 일곱 개의 장만 읽는다면 어쩌면《폐월; 초선전》은 기존의 서사를 주인공 시점에서 보다 생생하고 흥미진진하게 그려놓은 또 다른 재현에 불과할지도 모른다. 그러나 〈초선〉에서 왕윤과 동반 자살하는 척 하다가 입 속에서 독이 든 환약을 뱉고 죽어가는 왕윤을 바라보는 그녀의 모습 앞에서 우리는 자신의 손으로 삶을 선택하는 한 인간의 탄생을 목격하고, 삶의 다른 판본을 읽게 된다. 〈나〉에서 이어지는 그녀 노년의 삶은 죽음만이 서사의 결말이 아님을 확신한 자의 겸허한 시간이다. 부당한 죽음과 온당한 죽음을 구별하는 시선을 가진 자, 그래서 자기 자신으로 늙어가고 지나온 삶을 낯설게 바라볼 수 있는 자의 위엄으로 빛나는 시간 말이다. 그러니 그녀 앞에서는 달조차 숨어들 수밖에.

2. 여성 거래의 재전유

그러나《폐월; 초선전》의 빛이 억압적이고 폭력적인 현실을 왜곡하거나 낭만화하는 것은 아니다. 중요한 것은 그러한 현실 속에 자리한 한 인간이 내릴 수 있는 선택이 다른 누구의 것에서도 아닌 자신의 것임을 천명할 때 동일한 경험이라 할지라도 전혀 다른 의미를 지니게 된다는 것이다. 물론, 서사 전반에서 나타나는 초선의 냉정함이나 기민한 판단력 그리고 공격적인 여성성은 이미 그 자체로 주체성의 살아 있는 증거들이다. 그러나 입에 들었던 것을 도로 뱉어내는 한 번의 선택은 그녀가 이전에 겪었던 폭력적인 경험 속에 내재되어 있던 가장 급진적인 해방의 씨앗을 살려낸다. 그녀가 죽지 않기를 선택한 이후에 그것은 인물의 개별적인 성격으로 머무르지 않고 한 인간의 삶이 지니는 실존적인 특질이라는 보다 너른 층위로 서사화 된다.

가령, 남성들의 패권 다툼에 이용되던 그녀의 아름다움이나 명석한 두뇌는 그녀가 살아오며 겪은 모든 순간, 심지어 성적으로 착취되던 상황 속에서도 그녀가 자신만의 쾌락을 감지하며 무너지지 않았다는 사실을 부각시킨다. 여포와 동탁과의 섹스가 강제적으로 이루어지는 동안에 그녀는 자신의 성적 에너지와 활력이 깨어나는 것을 느끼고 이를 부정하지 않는다. 폭력적 남성성이 가하는 위력에 의해 항거할 수 없는 상태에서도 피해자의 실존과 주체성이 파괴되지 않는다면 행위와 무관하게 그 위력은 힘을 완전히 상실한다. 남성이 가하는 성적 수치심이 여성에게 전혀 유효하지 않을 때 남는 것은 남성이 여성을 소유하여 위계질서를 만들고자 한 폭력이 행해졌다는 객관적 사실의 자명함일 뿐, 여성의 실존은 추락하지 않고 오히려 단단해진다.《폐월; 초선전》은 한 여자를 통해 여성의 성장은 다름 아닌 생존의 서사로 이루어지며 그렇게 삶을 붙드는 힘은 세계가 자신에게 가하는 폭력을 외면하지 않고 직시하여 가장 가까운 목격자가 될 때 생겨난다고 말한다.

이처럼《폐월; 초선전》의 또 다른 미덕은 여성의 섹슈얼리티에 관해 아주 급진적인 사유를 전개한다는 것이다. 소사합에서 지내는 가기들의 레즈비언 섹스가 그렇다. 남성과의 자유로운 만남이 금지되어 있는 생의 조건 하에서 그들은 성욕을 억압하지 않고 서로의 몸을 사랑한다. 도화와 초선의 섹스는 소설에서 가장 로맨틱하고 관능적인 장면이다. 도화와의 섹스를 떠올리며 "몸서리가 날 만큼이나 자주, 그 짓이 하고 싶었다."(141쪽)고 말하는 대목이나 여포, 동탁과 섹스할 때 아버지 왕윤을 떠올리는 대목은 보수적인 성 도덕을 일말의 망설임도 없이 정면으로 돌파한다. 동성애와 근친상간의 욕망은 억압적인 성 도덕을 전복하며 인간 내부에 잠재된 욕망의 다양한 가능성을 퀴어하게 폭로한다.《삼국지》의 초선이 남성 간에 이루어지는 여성 거래의 재화에 불과했다면 박서련의 초선은 그러한 거래의 역학을 통해 자기 해방에 도달하는 여성의 주체성, 급진적인 재전유의 극단을 행위한다. 만약 유통되지 않았더라면 유교 가부장제의 예속된 주체로 고정되어 죽은 바 다름없었을 초선의 인격은 역설적으로 남성의 여성 거래 '덕택에' 남성의 '집'을 탈출한다. 이는 저간의 한국소설에서 발견할 수 없었던 여성 해방의 가장 급진적인 국면이다.

새로운 이야기의 빛은 그렇게 닫힌 서사의 보이지 않던 틈새를 찾아내어 활짝 열어젖힌다.《폐월; 초선전》은 딸이나 아내, 혹은 첩이나 종으로 살다 죽은 젊은 여자의 생을 되살려낸다. 마치 그녀의 때 이른 죽음이 몹시 부당하다는 듯, 그러한 서사는 그녀의 몫이 아니라는 듯 말이다. 그러나 그녀에게 영원한 삶을 부여하거나 신적인 위치를 부여하고자 하는 것은 이 소설이 하려는 바가 아니다. 당신은 이 책에서 만난 인물이 아주 보잘 것 없는 한 노파에 불과하다는 사실을 깨달을 것이고 그 결론의 범박함에 몸서리칠 것이다. 초선은 죽을 것이다. 그러나 자유로운 인간으로 자연이 부여한 명을 다하고 순리대로 죽을 것이다. 먹고, 마시고, 사랑하고, 어금니가 빠지고 머리가 하얗게 센 채로 늙어가다 이내 명을 다할 것이다. 그것이 한 인간이 태어나서 누릴 수 있는 가장 인간적인 지위이기 때문이다. 박서련이 그녀에게 주고자 한 것은 바로 그러한 인간됨의 시간이다.

"살아 있다는 것이 이상하다."(231쪽)는 초선의 마지막 읊조림은 자신이 지나온 그 모든 시간에 대한 경이로운 탄식, 뒤를 돌아보며 자신의 삶 속에서 또 다른 타자로서의 자신—단지 "한때 그 여자였음"(230쪽)을 발견하는 자기 서술 주체의 목소리다. 자기 삶을 다시 쓰는 작업을 거치며 초선은 남성에 의해 생의 운명이 좌우되는 여자, 남자의 머리에 씌워진 초선관을 돌보는 여자가 아니라 살아있는 담비貂와 매미蟬를 몸의 일부로 삼고 살아가는 인간으로 거듭난다. 《폐월; 초선전》은 선과 악, 사랑과 폭력을 모두 경험하고 그것을 남김없이 세계의 일부로 받아든 인간의 존엄한 자기 탄생 서사다. 급진과 전복의 극단은 어떤 존엄을 낳기도 한다.

폐월; 초선전

1판 1쇄 발행 2024년 7월 1일

지은이 · 박서련
펴낸이 · 주연선

(주)은행나무

04035 서울특별시 마포구 양화로11길 54
전화 · 02)3143-0651~3 | 팩스 · 02)3143-0654
신고번호 · 제1997—000168호(1997.12.12)
www.ehbook.co.kr
ehbook@ehbook.co.kr

ISBN 979-11-6737-436-3 (03810)